GALVEZ, IMPERADOR DO ACRE

GALVEZ, IMPERADOR DO ACRE

MÁRCIO SOUZA

21ª edição

EDITORA RECORD
RIO DE JANEIRO • SÃO PAULO

2022

EDITOR-EXECUTIVO
Rodrigo Lacerda

GERENTE EDITORIAL
Duda Costa

ASSISTENTES EDITORIAIS
Thaís Lima
Caíque Gomes
Nathalia Necchy (estagiária)

REVISÃO
Anna Carla Ferreira

DIAGRAMAÇÃO
Myla Guimarães (estagiária)

CIP-BRASIL. CATALOGAÇÃO NA PUBLICAÇÃO
SINDICATO NACIONAL DOS EDITORES DE LIVROS, RJ

S716g   Souza, Márcio, 1946-
         Galvez, imperador do Acre / Márcio Souza. – 21. ed. – Rio de Janeiro : Record, 2022.

         ISBN 978-65-5587-473-0

         1. Romance brasileiro. I. Título.

22-75453   CDD: 869.3
                                  CDU: 82-31(81)

Camila Donis Hartmann – Bibliotecária – CRB-7/6472

Copyright © Márcio Souza, 2001
21ª edição (4ª edição Record)

Todos os direitos reservados. Proibida a reprodução, armazenamento ou transmissão de partes deste livro, através de quaisquer meios, sem prévia autorização por escrito.

Texto revisado segundo o novo Acordo Ortográfico da Língua Portuguesa.

Direitos exclusivos desta edição reservados pela
EDITORA RECORD LTDA.
Rua Argentina, 171 – Rio de Janeiro, RJ – 20921-380 – Tel.: (21) 2585-2000.

Impresso no Brasil

ISBN 978-65-5587-473-0

Seja um leitor preferencial Record.
Cadastre-se em www.record.com.br
e receba informações sobre nossos
lançamentos e nossas promoções.

Atendimento e venda direta ao leitor:
sac@record.com.br

Este é um livro de ficção onde figuras da história se entrelaçam numa síntese dos delírios do extrativismo. Graças ao espírito arbitrário da literatura, os fatos do passado foram arranjados numa nova atribuição de motivos.

"Além do equador tudo é permitido."
PROVÉRBIO QUINHENTISTA PORTUGUÊS

"Nem tudo."
LUIZ GALVEZ, DEPOSTO

A vida e a prodigiosa aventura de Dom Luiz Galvez Rodrigues de Aria nas fabulosas capitais amazônicas e a burlesca conquista do Território Acreano contada com perfeito e justo equilíbrio de raciocínio para a delícia dos leitores.

1

Belém, de novembro de 1897 a novembro de 1898

"Nestas matérias a língua não
tropeça sem que a intenção
caia primeiro. Mas se acaso por
descuido ou por malícia
mordiscar, responderei aos
meus censores o que Mauléon,
poeta bobo e acadêmico
burlesco da Academia de
Imitadores, respondeu a
alguém que lhe perguntara o
que queria dizer *Deu de Deo*.
Ele traduziu: Dê por onde der."

Miguel de Cervantes, *Novelas exemplares*

Floresta latifoliada

Esta é uma história de aventuras onde o herói, no fim, morre na cama de velhice. E quanto ao estilo o leitor há de dizer que finalmente o Amazonas chegou em 1922. Não importa, não se faz mais histórias de aventuras como antigamente. Em 1922 do gregoriano calendário o Amazonas ainda sublimava o latifoliado parnasianismo que deu dores de cabeça a uma palmeira de Euclides da Cunha. Agora estamos fartos de aventuras exóticas e mesmo de adjetivos clássicos e é possível dizer que este foi o último aventureiro exótico da planície. Um aventureiro que assistiu às notas de mil-réis acenderem os charutos e confirmou de cabeça o que a lenda requentou. Depois dele: o turismo multinacional.

José de Alencar

Em 1945 um velho decidiu escrever as suas memórias. O velho morava em Cádiz, estava aposentado e broxa há um bocado de tempo. O velho gostava de viajar e para os seus raros amigos era um consumado mentiroso. Mas na Espanha a mentira tinha um sabor especial. No Amazonas, também. O velho deixou um pacote de manuscritos contando uma série de sandices, as mesmas que seus amigos costumavam ouvir sem acreditar. O velho não se preocupava com isso e sabia que essas sandices tinham sido fatos relevantes em sua vida. Uma vida que somente tinha sido relevante porque vivida numa terra irrelevante. O velho morreu em 1946 e não deixou herdeiros. Aparentemente completou o manuscrito porque o calhamaço de papéis, repletos de uma letra firme e clara, foi encontrado vinte anos depois e ainda bem acondicionado numa pasta de cartão. Como toda história de aventuras que se preza, o manuscrito foi encontrado num sebo de Paris, em 1973, por um turista brasileiro. Até hoje não se sabe como esse manuscrito saiu de Cádiz e foi parar na prateleira de um sebo do Boulevard Saint Michel. O certo é que o brasileiro que andava fuçando as livrarias de Paris adquiriu o manuscrito redigido em português pela quantia de trezentos e cinquenta francos, o que na época não era um preço muito alto. O justo valor para um manuscrito irrelevante. O brasileiro leu o manuscrito em dois dias, e pensando em José de Alencar, que havia feito o mesmo no livro *Guerra dos Mascates*, decidiu organizá-lo e publicar. O turista brasileiro era eu e acabei impressionado com as sandices desse espanhol do século XIX. Dessa papelada descoberta de modo estúrdio, como disse José de Alencar, alinhavei este livro que agora se tira à estampa. E ainda como o mestre de Mecejana, digo aos leitores que se "avenham com o mundo, que é o titereiro-mor de tais bonecos". Espero pelo menos reaver os trezentos e cinquenta francos que gastei nos manuscritos, enforcando entre outras coisas uma viagem de ônibus a Nice e um jantar no Les Balcans.

Folha de rosto

A tinta já anda meio desbotada por aqui e algumas traças se locupletaram em alguns adjetivos, mas a história começa falando sobre um triângulo de terras que pertencia aos índios amoaca, arara, canamari e ipuriná. Parece que nos mapas bolivianos daquela época o triângulo estava assinalado como *tierras no descubiertas*. Era um triângulo de moléstias tropicais e rios tortuosos encravado entre a Bolívia, Peru e o Brasil. Enfim, um lugar que nenhum cristão procuraria para juntar seus trapos. Mas um cearense, que não tinha trapos, saiu de sua terra e avançou pelas barrancas de um rio sinuoso, enfrentando os ipuriná. O cearense conseguiu fazer uma barraca e escreveu ao visconde de Santo Elias, poderoso comerciante de Belém, pedindo algumas mercadorias. Os ipuriná chamavam aquele rio de Aquiri. O cearense, pouco afeito à arte da caligrafia, rabiscou este nome no envelope, que o visconde, depois de muito trabalho, decifrou como ACRE. O visconde começava a fazer um bom negócio sem saber que batizara também um território. O ACRE era rico de belos espécimes de *Hevea brasiliensis* e viveria por muitos anos sob o signo dos equívocos.

Postal

1898, uma noite de julho em Belém do Pará. Começo a contar do meio da minha vida e já estou com 39 anos. Na memória vem um luar derramando um brilho fosco. O Ver--o-Peso é uma silhueta, o mercado popular sempre movimentado, e naquela madrugada as ruas estão mornas. Os sobrados, escurecidos. Os lampiões elétricos atraem centenas de borboletas que voam e caem no chão como granizo mole. Da baía de Guajará vem uma brisa que arrefece o calor e reúne o cheiro da vazante ao mofo e ao odor de estiva. Aquela zona, que recende a cumaru e pau-rosa, é uma parte imunda da cidade, cheia de lama e lixo podre. Nas ruas que dão acesso ao mercado, a luz é precária e o movimento não é grande. Alguns boêmios transitam e eu estou bem acomodado numa alcova. Pelo menos assim eu pensava.

Allegro político e conjugal I

Enquanto afago um corpo perfumado, caminha lá embaixo Luiz Trucco, ou dom Luiz, como era conhecido o aborrecido e solitário representante da Bolívia. Era um homem que não suportava mais a monotonia daquelas noites de fim de século. Pessoalmente eu não compartilhava de seu aborrecimento. Desde alguns anos o comércio da borracha havia demonstrado uma tendência para o enriquecimento fácil e a Amazônia se transformara num parque de lutas ideal. Por ali a dissipação da riqueza se fazia com ostentação e disso não havia imaginação que livrasse da monotonia. E se pecava por falta de imaginação.

Luiz Trucco me parecia um homem cosmopolita, tinha se acostumado com a variada oferta de cidades como Milão e Buenos Aires, onde anteriormente servira. Para ele devia ser realmente cansativo repetir os mesmos bares e bordéis sempre apinhados de fregueses, gente apressada e ruidosa que não sabia conversar. Trucco costumava caminhar perseguindo os seus rancores, e naquela madrugada de domingo, era domingo, fugindo da massa, procurava a orla da cidade velha, para o lado do forte, e sentava-se na amurada de pedra. Bem poderia ser um contemplativo, mas o movimento das luzes nas águas do rio mal aplacava as suas preocupações. Trucco era um homem muito preocupado e ocupava um posto-chave da diplomacia boliviana.

Allegro político e conjugal II

Enquanto beijo o peitinho duro cheirando a priprioca, vai lá embaixo, pela rua, Luiz Trucco manejando a sua bengala de cedro e cabo de prata. Vai voltando para casa em preciosos toques de bengala contra a calçada de mármore. Parece esquecido e tanto assim se sentia que não notou os três homens que o seguiam, furtivamente e encapuzados como manda o figurino. Pois não é que no vão mal-iluminado da porta do armazém aqui embaixo, os homens avançaram contra ele? Cercaram o velho rapidamente, e o vulto de Trucco em terno de linho branco levantou a bengala como a batuta de um maestro. Trucco defendia-se habilmente, não há dúvida, mas não resistiria por muito tempo se o diabo do marido da caboca que eu estava trepando naquela hora não tivesse entrado no quarto com um terçado afiado e eu não tivesse me levantado e, quase num só pulo, saltado pela janela, segurando algumas peças de roupa. Fui desabar bem em cima dos quatro homens, como num bom romance folhetim. Formamos um bolo no chão e ouvi a caboca gritar lá em cima, apanhando do marido, um embarcadiço português. Os três agressores logo escaparam pela esquina, em direção da Sé, e Trucco começou a correr na outra direção, enquanto eu me atrapalhava com as calças ainda desabotoadas.

Allegro político e conjugal III

Tudo aconteceu muito rápido. Eu bem que tinha ouvido a algazarra dos homens lá embaixo, na calçada, mas não tinha me importado. Não sei como Trucco tinha conseguido vencer a distância até a esquina em tão pouco tempo, nem como eu havia escapado do salto sem quebrar uma costela. Andei na direção de Trucco e ele estava na porta iluminada de um cabaré. Ele viu que eu estava segurando a calça e que não estava completamente vestido. Por sorte tinha conseguido carregar a calça e o paletó. Eu estava sem sapatos e consegui fechar o cinturão e abotoar o paletó me lembrando que havia deixado lá em cima minha camisa de linho. Fiquei confortado em saber que minha carteira de dinheiro ainda estava no bolso da calça, com minhas poucas economias.

Meu retrato

Já disse que eu estava com 39 anos e era um homem alto, meio curvado e estava usando uma barbicha e um bigode pontudo. Usava também óculos de aros dourados e redondos, e meu nariz era afilado. Sou do tipo mediterrâneo e minha pele estava queimada de sol. Era um homem atraente e naquele momento notei que Trucco me olhava incrédulo. — Obrigado por me salvar do assalto — disse Trucco um tanto inseguro com a minha figura semidespida que, convenhamos, não devia ser um primor de elegância. Eu respondi que ele não me devia agradecimentos e que tudo não passara de uma série de equívocos, aliás, o corolário da minha existência. Disse a ele que quem estava sendo assaltado era eu por um marido armado de terçado, e ele me disse seu nome (dele): Luiz Trucco, o cônsul-geral da Bolívia. Respondi estendendo a minha mão e informando que eu era um jornalista e me chamava Galvez, Luiz Galvez. Trucco tornou a agradecer e insistiu que eu o havia livrado de um vexame, coisa da qual não consegui me furtar. Perguntou se eu aceitaria uma bebida e entramos no animado cabaré. Era o Cabaré Juno e Flora e oferecia como atração os encantos de "Lili, Invencível Armada", grande dançarina e *diseuse* cubana, contorcionista da metrificação parnasiana e dos ritmos tropicais.

Juno e Flora e outras divindades mitológicas

O cabaré não primava pela decoração mas o ambiente era simples e acolhedor. Era bem conceituado pelos anos de serviços prestados. Uma sala pequena cheia de sofás, algumas mesas redondas de mármore encardido. Meia penumbra. Fomos sentar numa mesa perto da orquestra. A casa começava a esvaziar e estavam apenas os clientes mais renitentes. Duas meninas dançavam um can-can desajeitado e deviam ser paraenses. As duas meninas suavam sem parar. Fomos atendidos por dona Flora, gorda e oxigenada proprietária que bem poderia ser a deusa Juno. Recebemos as vênias de sempre e Trucco pediu uísque. A música já estava com o andamento de fim de festa e o garçom veio servir nossas bebidas. Trucco perguntou se Lili ainda iria apresentar-se e o garçom respondeu que o número dela era sempre à meia-noite. Havia um ar de familiaridade, e duas polacas vieram sentar em nossa mesa. Afastei as cadeiras para elas sentarem e notei que eram bem velhas e machucadas. Decidi dar uma observada no ambiente enquanto Trucco trocava gentilezas com as duas *cocottes*.

Um boliviano intranquilo

Trucco não parecia muito feliz com a conversa das duas *cocottes*. Me disse mais tarde que não sabia por que ainda se permitia entrar em lugares como aquele. Não que estivesse ficando moralista. É que estava cada vez mais sozinho e o contato com a solicitude mercenária das *cocottes* lhe deixava irritado. Trucco na verdade mal controlava os seus nervos e acreditava que havia uma conspiração em marcha contra a sua pessoa, ou contra o seu país, já que ele confundia as duas coisas. Tudo o que os brasileiros faziam parecia insultar Trucco, e toda aquela ostentação lhe fazia muito mal. Sabia que estava ficando velho e que o tempo que tinha para viver não era suficiente para a tarefa que precisava realizar.

Diálogos no Juno e Flora

Ouçam uma orquestra de quinze músicos cansados a executarem numa madrugada de domingo a *Tritsch-tratsch*, polca de Strauss.

Galvez — Uma casa seleta.

Trucco — Um caralho de conselho municipal.

Galvez — Me parece o paraíso.

Trucco — Será que as meninas não querem beber?

Galvez — (gritando) Querem beber?

Uma *cocotte* — *Oui, mon copain...*

Outra *cocotte* — Champanha, sim...

Trucco — Veuve Clicquot, safra de 1855.

Galvez — *Madre de Dios!*

Trucco — Aqui a história se faz nos bordéis.

Galvez — É história sagrada...

Trucco — De políticos e ricos de bosta.

Galvez — O que há de mau nisso?

Trucco — Vamos ser esquecidos. Eles também. Nem como devassos seremos lembrados.

Galvez — À saúde da Bolívia!

Trucco — À saúde da Bolívia! Ninguém lembrará de nada.

Galvez — E a fotografia?

Trucco — Preto e branco... minha cara fica tão branca que parece que estou empoado...

Uma *cocotte* — Estou com uma coceira no bibiu.

Mitologias

As coristas atacavam o *high-step* sacudindo as pernas quase na ponta do meu nariz. Eu podia dizer que sentia o cheiro de mulher suada, e elas bem que pareciam gostar do balanço e de levantarem as pernas para os respeitáveis cavalheiros. E lá estavam elas como a rainha Vitória que não usava nada por baixo. A fumaça dominava, e as coristas saltavam entre as risadas e os sacode a bunda morena. Eu podia dizer que estávamos submetidos aos coléricos deuses da floresta. Uma polaca (de Santarém) arrepiava-se com as lambidas em seu braço que um cinquentão de romance dos irmãos Goncourt aplicava com uma língua do tamanho de um palmo. Era um tipo enrugado e velho prematuro talvez pelos rigores da seringa. E num sofá uma valquíria de pesadelo cavalgava a perna de um almofadinha, gritando coisas como "ai, meu filho". Um outro, pele escura e lábios curvos, com uma cicatriz na cara, derramava vinho nos peitões leitosos da companheira. E eu comigo pensava que Trucco tinha um pouco de razão de se irritar com essa vulgaridade de sonho de prolongada castidade. Mãos, braços, pernas, musselinas, casimiras e chitas baratas entrelaçavam-se nessa poluição noturna. Mas juro que se moviam separados dos acordes da polca vienense, num outro andamento musical, mais andante do que allegro, e um tipo gordo começou a desabar sobre a mesa, esparramando garrafas e copos e afastando a companheira para que dois brutamontes logo o carregassem para fora aos sopapos. E tudo na maior tranquilidade e sem nenhuma alteração, nem gritinhos, a não ser o garçom, que se apressava para juntar os cacos de vidro do chão atapetado. Trucco já estava bêbedo e parecia o único ameaçado. Eu sabia bem o que era esse desgosto suspeito que tomava conta do meu camarada. Era um pouco de inveja pela vitalidade da vida naquela penumbra de fumos arrivistas entre uma garrafa cheia e uma vagabunda disponível. Trucco recusava-se a acreditar que chegara muito tarde para essas noitadas avacalhadas e hospitaleiras. Afinal, um cabaré era o local ideal para os seringalistas que fugiam da solidão da mata virgem que eu ainda não conhecia, mas bem podia imaginar a sua dureza e silêncio. Trucco estava bêbedo e eu começava a ficar também irritado, além do mais, aquelas duas *cocottes* queriam ficar o tempo todo pegando no meu pau e passando a unha pontuda no meu cangote.

A ética de Espinoza

No odor de roupa suada e piché de perfume cansado, o senador Hipólito Moreira levantava a saia de sua priminha de quinze anos e púbis calvo. Ela ria e cruzava as pernas que os dedos do senador afagavam de anéis. Ela ria e beneficiava a investida do velho Hipólito que coçava a barba de arame e deixava filetes de saliva escorrer pelo canto da boca. O garanhão velho estava com fome e deixava-se roubar pela furtiva modéstia da fêmea. Senador Hipólito, baluarte da sociedade, triunfava em seus dedos trêmulos que tocavam rápidos o objeto de sua procura. Um velho feliz...

O boliviano intranquilo e bêbedo

Nunca beba com um boliviano. Trucco estava decidido a me fazer entender o motivo de sua raiva. Dizia ao meu ouvido que a Bolívia também precisava de um pouquinho daquela sacanagem que só o dinheiro da borracha podia dar. Dei um tapinha na coxa da *cocotte* mais próxima e me levantei.

Aquarela

Amanhecia.

A luz de Belém não foi feita para os olhos dos boêmios. Saímos pela rua e o movimento de empregados com cestas de vime era grande. Fomos andando para o lado da cidade velha, onde a noite ainda parecia vitoriosa e os sobrados despertavam fatigados. Trucco caminhava com as minhas pernas, e duas *cocottes* seguiam a gente como cadelinhas domesticadas. Pareciam felizes, e ninguém se espantava com as nossas figuras e passavam indiferentes. Um soldado de polícia, encostado num poste de ferro, coçava o saco com acabada diligência. Mais um dia de paz.

Cabo de guarda-chuva

Trucco — Isto parece Lisboa. Você já esteve em Lisboa?
Galvez — Conheço Lisboa, uma bela cidade.
Trucco — Até o fedor de Belém é português.
Galvez — La Paz deve feder como Madri.
Trucco — Não gosto de vulgaridade.
Galvez — As meninas tão nos seguindo.
Trucco — Manda embora, dê esse dinheiro para elas.
Galvez — O senhor é quem manda.

Pagamento

Paguei às duas *cocottes* e coloquei Trucco num cabriolé. O velho agradeceu e afundou no veículo gesticulando para o cocheiro. Ainda caminhei um bom pedaço com as duas *cocottes*, mas não falamos mais, elas contavam e recontavam o dinheiro e eu cheguei até a ficar com medo que elas pedissem mais. Meu dinheiro estava curto e tinha até pensado conseguir um vale logo mais na redação do jornal. Trucco deve ter acordado com uma tremenda ressaca.

Sala de jantar

Trucco decidiu me incluir na sua lista reduzida de amigos, foi com a minha cara. Me convidou para jantar e coloquei uma roupa engomada. Eram sete horas e um mordomo empertigado me recebeu à porta. Trucco morava bem e estava barbeado e descansado. Me pareceu até mais jovem. O mordomo retocava a mesa e um par de criadas se revezavam na distribuição das louças. Era um jantar para quatro. Trucco me levou para conhecer sua coleção de armas de fogo. Velhas pistolas arrumadas em estantes de madeira escura e protegidas por veludos e vidraças. Ele descrevia as armas com carinho, as formas de metal, algumas tacheadas em ouro. Uma coleção que mostrava a sua paixão hispânica pela violência. Fiquei até um pouco comovido com Luiz Trucco, mas não deixei que ele me tomasse por cúmplice.

Um casal

Soou o gongo e Trucco guardou a pistola espanhola no estojo. Eram os outros dois convidados que chegavam. Um casal paraense de burgueses bem-sucedidos. Era Cira e Alberto Chermont de Albuquerque. Ela tinha um corpo infantil e usava um vestido liso de linho branco. Lembro o detalhe porque foi seguramente o encontro mais marcante que tive em Belém. Ela aparentava vinte anos e tinha olhos cinza e boca corada, meio zombeteira. Alberto era um próspero negociante de madeiras e de tradicional família do Pará. Era um tipo baixo, enérgico, voz fina e a barba sempre escanhoada. Sei que tinha mais paciência do que amor por sua companheira, e ficou na minha memória como uma vítima estoica dos matrimônios de conveniência. Vestia um casaco escuro e os botões do punho eram de libras peruanas, de prata. Cira havia estudado num colégio religioso na Bélgica, e Direito, em São Paulo. Alberto, que não tinha *curriculum* tão fascinante, fizera em Recife um curso comercial e se interessava pelas nuanças do mercado madeireiro. Ela, que se sabia bonita, rica e elegante, cultivava o hábito de chocar a mentalidade provinciana. Para as outras mulheres menos aquinhoadas pela sorte e pela inteligência, a vida de Cira era um campo sempre pródigo de comentários invejosos e reprovações surdas. O que não impedia de Cira pontificar como parâmetro da moda e mulher tocada pela celebridade. Cira e Alberto sorriam naquele primeiro encontro, e ela me pareceu sempre vir à frente dele, dominando com ar de segurança. Trucco me apresentou como jornalista da *A Província do Pará* e ouvi Cira confessar que era leitora e lamentou a pouca importância dada ao noticiário internacional. Serviram um saboroso licor.

Enciclopédia Britânica

A *Hevea brasiliensis* é uma espécie vegetal da família das euforbiáceas e aparecerá sempre em minha história como os bastidores do palco estão para a cena de uma comédia. Ela é a fonte principal da extração do látex. No estado adulto tem cerca de 30 metros de altura e um tronco de 3 metros de circunferência. É uma bela árvore, não há dúvida, e quando pude reconhecer um desses espécimes no meio da selva, não deixei de render as minhas homenagens. As folhas são verde-escuro e de suave contato. Dentro do tronco corre uma seiva branca, o látex. O látex solidificado se transforma em borracha. Os botânicos não sabiam a função exata do látex no metabolismo da árvore. Mas isso não tinha nenhuma importância, já que os comerciantes haviam descoberto uma função menos botânica para o látex. O interessante é que a *Hevea brasiliensis* é uma planta hermafrodita.

O cenário

O licor que Trucco nos serviu tinha sido fabricado ali mesmo em Belém, por um agrônomo alemão que enriquecera vendendo a sua produção aos comerciantes de látex. A casa de Trucco era alugada e pertencia ao Dr. Eugênio Bentes Ferreira, um médico que ficara rico tratando os comerciantes do látex. O dinheiro de muita gente em Belém, naquela época, estava ligado ao comércio do látex. A casa de Trucco era um bom exemplo desse dinheiro. Um palacete de janelas altas, uma sala de jantar enorme e de assoalho em pinho-de-riga formando listras pretas e brancas. Nas paredes, telas de cenas operísticas. Um lustre do século XVIII, e pela janela se podia ver o jardim com sua fonte inglesa de ferro. Sentávamos nas cadeiras de palha, e no centro da mesa havia um curioso vaso chinês.

Menu do jantar de Luiz Trucco

Entradas.
Pescada cozida em caldeirada.
Casquinha de siri ao forno, com recheio.
Pato no tucupi.
Almojávenas de dona Isabel de Vilhena.
Vinho branco.
Café turco.
Charutos Trujillo.

Boa comida e boa conversa

Dona Conceição Ferreira Belmonte, viúva do general Belmonte e proprietária da firma de aviamento de estivas em geral Ferreira, Salgado & Companhia, tinha retornado de recente viagem a Portugal apaixonada pela cultura de rosas. Construíra uma estufa e havia começado a cultivar pequenas mudas que recebera de presente do cura de Portimão, onde passara um verão de sol e orações ociosas. Dois meses depois, sofrendo uma crise de asma e sob a orientação de um obscuro curandeiro de Ananindeua, mandara substituir as rosas por mamoeiros, depois de demolir a inútil estufa.

O coronel da Guarda Nacional, Apolidório Tristão de Magalhães, o mais fervoroso aspirante à condição de escritor e proprietário de uma imensa biblioteca praticamente intocada, já que era incapaz de ler uma simples bula de fortificante, possuía um *souvenir* que tratava como relíquia santa: uma ceroula de Coelho Neto. O coronel Tristão, que aprendera a assinar o próprio nome aos cinquenta anos, quando fora obrigado a registrar suas terras na ilha da Laguna, um feudo que distava algumas milhas da povoação do Melgaço, tinha monopolizado o escritor Coelho Neto durante a sua estada em Belém. Hospedara, adulara e posara ao lado do escritor em fotos para a posteridade. Num momento de distração de Coelho Neto, furtou a peça íntima que, agora em moldura prateada, decorava a parede da biblioteca numa posição de destaque e veneração.

O pato no tucupi estava delicioso, e o vinho branco era soberbo. O assunto da conversa pareceria ótimo para os que adoram as extravagâncias dos novos ricos. Por mim, fiquei observando a ironia de Cira e ouvindo a sua voz de soprano coloratura numa dicção digna de inveja pela sua segurança. Não fumei charutos.

Calafrios imperialistas

A ceroula de Coelho Neto ainda nos fazia rir quando o gongo da porta soou e um homem de ar jovial, um lenço azul no pescoço, entrou fazendo saudações de inesperado. Era Michael Kennedy, cônsul-geral dos Estados Unidos em Belém. Um típico funcionário americano cuja maior especialidade era provocar arrepios. Arrepiava as mocinhas casadoiras com sua disponível solteirice e seu rosto de irlandês católico. Arrepiava os comerciantes e políticos pelos conchavos e promessas e arrepiava os nacionalistas pelas constantes ameaças que seu país costumava fazer contra a integridade da Amazônia. Mas tenho certeza que Kennedy nunca teve um leve arrepio na vida e sempre me pareceu transitar em Belém como um cirurgião transitaria pelas entranhas de seu paciente. Kennedy era discreto, preciso e competente. É claro que não poderia simpatizar com um tipo assim. Kennedy trazia um envelope azul, e Trucco abriu apressado, lendo o conteúdo demoradamente. Acho que leu mais de uma vez o texto, e cada vez que passava os olhos parecia se livrar de um grande fardo. Olhou para todos nós e enquanto dobrava o papel foi dizendo que a Bolívia começava a negociar com os Estados Unidos a solução dos problemas do Acre. Foi a primeira vez que tive minha atenção despertada para o caso do Acre, já que todos sabiam que os americanos não se interessavam por bobagens. Cira estava arrepiada e o seu caso me pareceu um provável nacionalismo.

Equívocos acreanos

O direito boliviano sobre as terras do Acre já estava reconhecido desde 1867, pelo Tratado de Ayacucho. Mas o art. 2 do tratado também estabelecia aos brasileiros o *uti possidetis*. A fronteira não estava ainda definida e somente em 1895 os dois governos iniciaram negociação neste sentido. O Acre já estava praticamente ocupado por cearenses desde 1877.

Sobremesa política

Trucco estava tão animado com a notícia que começou a falar sobre os planos da Bolívia, aliada dos Estados Unidos. Cira agora tinha um brilho de curiosidade e um interesse hostil pelos fatos. E eu ouvia o velho Trucco sem remorsos confirmar a teoria de Kennedy sobre os latino-americanos: um povo de péssimos negociantes e estadistas ingênuos. Kennedy desaprovava visivelmente a indiscrição de Trucco e confesso que eu estava perplexo com a atitude de Cira. Ela me devolvia o gosto pelo inesperado, se bem que, naquele momento, ainda fosse um pouco confuso e não passasse de um leve interesse pessoal por ela, como mulher. O mordomo começou a servir um delicioso Chambertin, certamente para comemorar. Lembrei que a última vez que eu havia bebido um Chambertin tinha sido em Buenos Aires.

Memórias literárias

Agosto calorento de 1898. Eu andava perdido em minha rotina. Desculpe, mas há rotina mesmo numa história de aventuras e não posso fugir disso. Eu saía da redação do jornal e olhava o fim da tarde com seu brilho influenciado que não servia para inspirar soneto parnasiano. Os leitores talvez se interessem em saber se havia algum mistério nesta cidade amazônica. Eu respondo que havia mas era um mistério difícil de compreender. Eu estava, agora, mais interessado pela vida de província e sempre me voltava para as melancolias de San Sebastian e ao mesmo tempo para as noitadas do Juno e Flora. Eu tinha ouvido "Lili, Invencível Armada" e me decepcionara com o seu aspecto andrógino, uma mulher pequena e branca, quase sem seios e que dançava como um anjo de El Greco. Minhas viagens e minhas fugas me alimentavam. O rosto de Cira, arfando de curiosidade, também. Eu estava apaixonado pela reserva de impetuosidade feminina que ela tinha, numa terra de mulheres caladas que não soltavam nem gemido na cama. O rio estava sempre vazio e ao largo as tristes vigilengas de velas mouras e encardidas. As praias de Biscaia e as árvores da Avenida Farest em Buenos Aires. Os corredores da Chancelaria espanhola em Paris e uma fonte de tritões molhados de Roma. O céu pantanoso de Biscaia e as mulheres que eu havia amado. Fios de sangue, seda e areia, himens. Elas levantavam a saia — quanto pano — para atrair a minha pressa e firmavam os quadris, cílios baixos, lábios, inclinavam-se sobre os pés calçados em meias de seda e tiravam os sapatos. Os sapatos gloriosamente visíveis para o meu fetichismo depois de anos de crinolinas.

Conselhos de pai

Meu pai me dizia que "a vida era a tarefa de esculpir a morte todos os fins dos dias; que se sabe os últimos do último ano da última década". O sol na cortina de meu quarto. A pequena satisfação compensada na cama macia e na poeira do vasto império colonial em decomposição. Cuba e o café matinal da legação diplomática da Espanha. Os anarquistas, os americanos sujos de poeira, maculando o tapete do governador de Havana. As águas amarelas do rio Amazonas e a minha família de fidalgos militares. Ele, um homem das obrigações tradicionais, vendo as luzes do século que se apagavam, sibilando ordens entre bigodes e binóculos, o almirante de Cádiz, o arrebatado pelo menor vento burocrático naval e pela calmaria da ruína espanhola. Mas eu também merecia esta vida pela minha mãe, espanhola de Tânger.

Rain Forest

Não tenho mais o palacete de Cádiz. O meu refúgio de pedra onde arranhava o tempo com a família, no terraço para o mar, lugar das confabulações e das gargalhadas. Agora, na garganta da selva, eu quero uma razão para a minha rotina e procuro fugir do texto do drama. Eu acredito no *coup de main* da vida, como me disse Cira.

Café da abolição

Caiu uma garoa fina naquele fim de tarde e eu corri para o Café da Abolição, o único local do mundo que serve xerez com farinha d'água. Sentei numa mesa e fiquei pensando o quanto a vida é engraçada, coisa que qualquer um faz quando está desocupado ou não tem uma navalha na garganta. Parou um carro e um cocheiro veio me trazer um recado de Cira. Entrei naquele refúgio de couro macio, fechei a portinhola e fiquei olhando para ela enquanto rolávamos pelos paralelepípedos. Ela quebrou o gelo e me beijou, assim, rápido, e não deixei de apreciar a extravagância. Lá fora a garoa fina, úmida e bem-aventurada. Pensei que tivesse arranjado uma amante.

Convite

Trucco me disse que estávamos convidados para a festa de aniversário da esposa do prefeito. Era uma quinta-feira e aceitei o convite certo de que iria me divertir muito. Quase entro com a comitiva do governador Paes de Carvalho. Eu estava curioso para conhecer dona Irene, a aniversariante, uma espécie de mito folclórico da sociedade paraense.

Antecedentes da festa

Dois dias antes da festa, um bolo confeitado havia sido encomendado ao doceiro Domenico Lizzano, um ex--ferroviário de Turim que havia enriquecido preparando iguarias para as festas dos comerciantes do látex. Lizzano preparava, ao lado da encomenda de dona Irene, outro bolo monumental. Os bolos possuíam o mesmo modelo e tamanho, mas eram diferentes na cor. O bolo cor-de-rosa era para o coronel Vicente Telles de Teixeira Mendes, radical sibarita e assinante do *Punch*, introdutor da moda *aesthete* em Belém e assíduo passageiro do *Rhaethia*. O coronel Teixeira Mendes era na verdade o autor intelectual desse modelo de bolo em forma circular e que continha uma "surpresa" em seu bojo. A "surpresa" era sempre uma corista semidespida que aparecia em determinado momento e esquentava as escandalosas recepções íntimas do coronel. O bolo azul de dona Irene, com 48 velas, já era uma decorrência das diversas distorções que a contribuição do coronel Teixeira Mendes sofrera em Belém. O bolo azul de dona Irene não continha nenhuma "surpresa" e estava recheado de confeitos.

Educação europeia

Já disse que dona Irene era uma espécie de folclore familiar de Belém. Vinha de uma família humilde e tomara o coração do prefeito com suas ancas largas, muita vivacidade e mais de cem quilos de paixão. Ela procurava se prevenir contra as falhas de sua infância pobre, mas quase sempre isso não era possível. Mas era uma criatura necessária à sociedade paraense, que assim podia medir por ela o padrão de suas boas maneiras. Mulher simples e filha do rio Madeira, tinha se casado com o prefeito quando este ainda era um jovem estudante de Direito. Casaram escondido e a família, para evitar um escândalo, embarcou os dois enamorados para o Rio de Janeiro, onde mantiveram dona Irene prisioneira por três anos, aos cuidados de um preceptor francês e uma governanta alemã. Saiu essa força da natureza que cheirava a patchuli e pensava que o cometa Halley era um número de circo. Mas colecionava queijos raros que eram a paixão de sua governanta de Potsdam.

Teatro de títeres

Eu acredito que o ridículo é sempre interessante quando praticado com candura, e aquela senhora falante, que recebera o governador com grande intimidade, era bem capaz de provocar desastres de etiqueta na mais completa candura. Dona Irene logo caiu na minha simpatia. Em Belém as pessoas eram cheias de formalidades e cultivavam a etiqueta como uma lei para impedir excessos. A casa estava bem concorrida e notei que o forro estava decorado por românticas nuvens em pinceladas fortes e saltitantes anjinhos num céu azul da Prússia. Imaginem que os anjinhos, aparentemente tão inocentes, bebiam tulipas de chope espumante, e louvei o cinismo do artista. Cira estava num lindo vestido de seda verde e esqueci os anjinhos boêmios. Ela fingia interesse pela conversa do marido, que devia estar falando de madeira de lei com o cavalheiro de finos bigodes e ar *chesterfield*. O cavalheiro era um vivo anacronismo no murmúrio da festa e comecei a pensar no poder que o dinheiro carrega. Era aqui que se podia notar isso. Eu sempre estive em contato com o poder, tinha sido diplomata e por isso convivera com a elite e suas manias. Mas na Europa o poder era uma decorrência quase natural, não se notava a presença do dinheiro como ninguém perguntaria pela qualidade do vinho e seu valor. O vinho era o vinho e era sempre bom. O dinheiro era esta espécie de vinho cotidiano, uma roupa íntima e uma alma, uma metafísica. Mas em Belém o dinheiro não era metafísico, estava ali e eu podia descobrir o seu contorno no imenso bolo cor-de-rosa, nas travessas de prata e nas joias que enfeitavam o colo de qualquer dama. O corpo do dinheiro andava despido e guiava a criada que servia ponche. Eu podia até dizer que o dinheiro era ruminado em cada palavra. Aqueles filhos do dinheiro recente e fácil, habitantes de uma terra primitiva, não conseguiam escapar da ostentação e da nudez do poder econômico. Era isso que Trucco, um contrariado, não compreendia e confundia com vulgaridade. Mas nas fronteiras da terra não há vulgaridade. Uma parisiense pode ser vulgar, coisa que dona Irene jamais conseguiria por mais gafes que cometesse.

Máxima da ostentação

Aprendi que o novo rico só é desagradável porque amplia os detalhes da miséria.

Trucco, o misantropo

O cônsul da Bolívia se entregava aos rodeios interesseiros de uma dupla aliança no dedo; ela, a viúva, disfarçava o longo olhar de inverno. Tinha conta bancária na Suíça. O ordenado de Trucco chegava com um mês de atraso.

Travessuras I

Dona Eudóxia Vasconcelos Negreiros executava uma valsa e os cavalheiros formavam um semicírculo logo atrás das cadeiras onde sentavam as damas. A valsa era a civilização e a blusa de cambraia fina de dona Eudóxia levitava com a plateia. Maravilha de ritmo na frieza da técnica da pianeira. Dona Eudóxia em tudo encontrava motivações condenáveis, eu bem que sabia disso. Tive a sorte de conhecer uma aluna sua, criaturinha sem inclinação para piano mas que desafogava o casamento de dona Eudóxia, livrando o marido do holocausto matrimonial em que se encontrava. Enquanto dona Eudóxia realizava campanhas anuais para evitar que o povo dançasse carimbó no Círio de Nazareth,

Amethista, a aluna sem vocação, solfejava notas de amor ao ouvido do adúltero, livre dos exercícios sobre minuetos de Boccherini e noturnos de Chopin.

Surpresa

Dona Irene apagou as velas e aplaudimos. E mal tocou no bolo com a faca, a Torre de Babel estremeceu como se atingida por um raio do Senhor. Fez um estalo e farelos de glacê escorreram. Uma corista saltou para a mesa alisando o corpo bem naquele lugar, cantando:

"Quem quer provar das uvas.
Quem quer começar a amar.
Prove mas sem apertar
que as uvas são feitas pra chupar..."

Desmaios da etiqueta

Rimas pobres, não há dúvida, mas de grande efeito. A corista não chegou a cantar toda a música e já dona Irene estava desmaiada nos braços do marido. As mulheres fugiram da sala e ninguém socorria o prefeito, vermelho e ofegante, não sei se pelo espanto ou pelo fardo conjugal. A corista viu logo que aquele não era lugar para chupar uvas e pegou a tampa do bolo, tentando cobrir-se. Ela pulou da mesa e o glacê que se colava na sola do sapato fez com que escorregasse na direção do governador. Paes de Carvalho tombou sobre um consolo e, para não despedaçar uns vasos, abraçou a corista e deslizou para o chão com o corpo esticado. Quando o governador aterrissou hirto, a corista escapou e Paes de Carvalho foi levantado por dois correligionários. A festa tinha acabado e saímos de lá sem saber se dona Irene havia encomendado a "surpresa" ou se havia um equívoco. Era um equívoco...

Prova do equívoco

Soube no jornal que, no momento em que a corista incentivava os atônitos convidados de dona Irene a chupar uvas, o coronel Teixeira Mendes, após ter cortado várias fatias de bolo sem resposta e verificado que não continha nenhuma "surpresa", tomara da espada e dilacerara a sua Torre de Babel com intrépidas estocadas, enquanto seus comparsas, em trajes menores, esgueiravam-se pela casa e procuravam telefonar para o médico da família.

Constatação

O primeiro cientista a estudar a *Hevea brasiliensis*, o francês Charles Marie de La Condamine, observando um jogo de bola entre os índios cambeba, pensou que a borracha desafiava a lei da gravidade da terra.

A província do Pará

16 de setembro de 1898. Vem aí a Companhia Francesa de Óperas e Operetas, orientada pelo maestro François Blangis:

"Segundo afirmam jornais franceses é essa troupe composta de artistas de verdadeiro mérito, entre eles, contam-se Justine L'Amour e Henri Munié, bastantemente conhecidos do público amante da cena lírica.

"O repertório da Companhia é variadíssimo e para que os nossos leitores conheçam, também publicamo-lo.

"É de esperar que a futura temporada agrade ao público que há tanto tempo vê-se privado de tão proveitosa diversão."

Elenco artístico: Madame Justine L'Amour, Munié, Matrat, Dubosca, Frédal, Boudier, Labégenski, Azancoth, Moreau, Marthe Alex, Concetta, Marie Annelli, Saverne, Zelmira Forloni, Michele Verse, Helene Andrée, Amelia Rossetti, Linda Schiavi.

Maestro de concerto e diretor de orquestra:
François Blangis Gémier.
Maquinista — Robert Boulingrin.
Figurinistas — Mariana Taddio e Berthe Boulingrin.

Repertório:
AIDA de Verdi, com ballet.
LES CONTES D'HOFFMANN de Offenbach.
L'ARLESIENNE de Bizet.

BOCCACCIO de Suppé.
A FILHA DA SENHORA ANGOT de Lecoq e Clairville.
LA GRAN VIA (zarzuella) de Chueca e Valverde.
LA JOLIE PARFUMEUSE de Offenbach.
D'ARTAGNAN de Verney.

Ciência

A borracha possui uma consistência equívoca e as variações de temperatura afetam as propriedades de extensibilidade e maleabilidade. Em Belém ela é maleável. Já em Londres, é dura.

Biografia

Eu estava vivendo em Belém desde novembro de 1897, trabalhando como redator na *A Província do Pará*. João Lúcio me arranjara o emprego e eu cuidava das notas internacionais. O jornal tinha grande prestígio e a tipografia havia sido importada da Alemanha. Funcionava num sobrado com amplas janelas abrindo-se para a Praça da República. O jornal tinha sido fundado em 1876 pelo Dr. Joaquim José de Assis, um liberal. No calor da luta abolicionista e republicana o jornal se fortaleceu e, com a borracha, atrairia as inteligências da cidade. Era uma espécie de trincheira da modernidade, na atribulada história da imprensa provinciana de oposição. E ser oposição no Brasil não é mole.

No andar térreo, com portas defendidas por grossas barras de ferro, funcionava a oficina. No andar superior, a ampla redação com suas mesas pesadas, os grandes tinteiros e belas coleções de penas. Para chegar à redação a gente subia por uma escada de ferro inglesa, onde os jornalistas costumavam fazer animadas rodas antes do expediente. No fundo da redação, dividido por uma parede de madeira, ficava o escritório de João Lúcio, secretário do jornal. Um ambiente sóbrio, com duas janelas e móveis vitorianos, estantes com encadernados tratados de Direito e a mesa diligentemente desarrumada.

Expediente

Eu tinha acabado de traduzir duas notícias e estava conversando com João Lúcio. Estava falando de meu caso com Cira e confessava que aquilo me metia medo. João Lúcio gracejava e me contou que tinha sido colega de escola de Cira, ainda no curso primário. Contei para João Lúcio do documento sobre o Acre e ele ficou também interessado. Bati no ombro de João Lúcio e saí com a impressão de ter sido enganado. João Lúcio tinha um rosto amigo mas não me havia convencido com aquela conversa irônica de que as mulheres somente se interessam por documentos secretos se estes forem cartas dos amantes.

O aventureiro também tem alma

Às cinco horas da tarde, Cira passaria pelo Café da Abolição. Agora eu estava certo de que ela não era o melhor caminho para um aventureiro se integrar na sociedade do látex. Se era isso o que eu desejava, deveria ter me livrado dela. Eu estava tão cansado de andar fugindo, que decidira me estabelecer em Belém custasse o que custasse. Ainda em Buenos Aires, pensei em comprar bilhete num paquete para a Índia, para um desses países que pertencem mais à fantasia do que à geografia. Poderia viver em Macau ou na Indonésia. Eu estava com quase quarenta anos e ainda não tinha parado num só lugar, tinha perdido minhas raízes e agora queria enriquecer e viver em paz, morrer em pleno escritório, com um paletó preto e algum vício secreto, aos sessenta anos. Em março de 97, eu estava no Rio de Janeiro, trabalhando como escriturário da firma Lourenço & Cia. Encontrei Maldonado, um biscainho de Bilbao que havia ficado milionário no Amazonas, vendendo artigos de perfumaria. Ele tinha me convencido a vir para Belém com o meu projeto mais realista.

Cigana misteriosa

Hoje eu sei que para ser um aventureiro é necessário não possuir critérios. Eis o que eu era, um homem sem critérios, que gostava de experimentar o maior contato com a vida.

No meu tempo de estudante, visitei uma feira de Valladolid e lá uma cigana previu que um dia eu seria aclamado rei. Meus colegas se divertiam em afirmar que eu havia nascido para acabar com a dinastia dos Bourbons e que o rei Alfonso XII tomasse cuidado comigo. Eu tinha encontrado essa cigana no outono de 76 e desde então até a figura de burguês que eu idealizava tinha seus toques aristocráticos. Quando carimbava passaportes em San Sebastian, eu sonhava em me tornar o rei das escravas brancas de Istambul.

Ação paralela

O território do Acre fica a 9º Sul de latitude e 70º Oeste de longitude. Naquela tarde um grupo de seringueiros estava de folga, na propriedade denominada Bela Vista, de Ubaldino Meireles. O coronel Ubaldino estava em Manaus fazendo negócios e o capataz decidiu permitir a realização de uma festa. Ia ser uma festa estranha, pois não havia mulheres em Bela Vista. O coronel Ubaldino não empregava homens casados. Os seringueiros fariam a festa no terreiro do barracão central e estavam capinando a área desde a madrugada. Dois seringueiros tocavam viola na escada do barracão, ensaiando algumas músicas. Na frente do barracão tremulava uma bandeira brasileira e os dois músicos tocavam um chorinho. No outro dia o capataz estaria arrependido e não saberia explicar ao coronel Ubaldino a morte de dois homens. Eles haviam sido trucidados a golpes de terçado no auge da bebedeira que era sempre o melhor da festa.

Ah! Amor

Logo estava com Cira e o rosto dela bem próximo ao meu rosto, a respiração acariciando com hálito de mormaço o meu pescoço. Beijo e os braços dela me cercaram o corpo. A língua dela como uma vespa e caímos na cama. A mão que tateava o corpo dela e num momento descobriu o mais agradável par de seios que minha mão já havia experimentado. Rodeei com a mão uma daquelas pequenas e firmes mamas e era como um animalzinho de estimação. A boca gozando a intromissão da língua feminina e o início de despi-la como um cego. Os seios eram pequenos e possuía um espaço entre eles, um *cânion*, eram morenos de sol e os bicos curvavam-se em direções opostas. Uma textura firme que incendiava. Duas elevações em que eu pousava os lábios e pulsavam. Ela estava deitada e aparentemente quieta. Voltei a despi-la sem pressa e descobri os pelos escuros que floresciam na elevação delicada, entre as pernas. Eu também comecei a me despir enquanto observava seu corpo e meu pau libertou-se e vibrou no ar. Ela partia-se.

Vulto do passado

Mesmo sem critério, o aventureiro tem sua história. Nasci na madrugada de 20 de fevereiro de 1859, em Cádiz, Espanha. Meu pai era Fernando Luiz Galvez Concepcion de

Aria, almirante da Marinha Real, e minha mãe, Rosaura Rodrigues de Aria, era de prendas domésticas. Reinava na Espanha Isabela II, casada com seu primo, Francisco Asis de Bourbon, um impotente. Meu pai morreu em 1896 e minha mãe, dois meses depois dele, de profunda melancolia. Foi quando descobri que meu pai era um entusiasmado jogador e não havia me deixado herança. De fato, não me deixou nada. Em 1868, meu pai participou da rebelião em Cádiz e vi as tropas trocarem tiros no istmo de San Fernando. Os militares queriam acabar com a "raça espúria dos Bourbons". Meu pai atravessaria todos os incidentes políticos da Espanha e passaria de comandante da Base Naval à prisão, quando a monarquia foi restaurada em 1875. Talvez por isso meu pai tivesse o senso de humor tão incerto quanto as vagas do oceano. Quando ele caiu em desgraça, minha mãe fugiu comigo para Ceuta, onde ficamos um ano. Era uma mulher decidida, meu avô tinha sido um remanescente da guerrilha contra as tropas de Napoleão Bonaparte e morreria de peste bubônica no Sahara, deixando mamãe na mais completa miséria. Vivíamos numa casa espaçosa na Alameda de Cádiz, uma espécie de sobrado e um mirante que se abria para o mar. Era uma casa mourisca, bastante antiga, e o mirante oferecia a paisagem da baía de Cádiz, e à direita, bem distante, a linha violácea do rio San Petri. Era naquele terraço que estávamos sempre reunidos e eu ouvia mamãe contar fantásticas aventuras de soldados espanhóis e berberes suarentos armados de punhais de ponta curva. Mamãe bordava com gestos precisos, as unhas pequenas e o anel de ouro arranjando a linha no pano num entrelaçado de galeões e tesouros de piratas. Morena Penélope.

Noturno conspiratório

Quinta-feira, 20 de setembro. Peguei um coche para a velha estrada do Val-de-Cães. Desci numa usina abandonada e notei luz pelas águas-furtadas. Subi as escadas e tateava no escuro. Me encontrei ofegante num amplo sótão de teto baixo e máquinas fora de uso como insólitas esculturas enferrujadas. Era um sábio local para um encontro clandestino de romance de folhetim. Eu estava ali para um encontro clandestino de romance de folhetim. Dei de cara com João Lúcio e Cira, na companhia de mais três homens. Um estudante de Direito que tamborilava com os dedos e tossia. Um poeta satírico com cara de poeta satírico. Um advogado com ar britânico e cara de índio que não fazia poesia. Estava reunido o COMITÊ DE DEFESA DO ACRE.

Quadro político

O Estado do Amazonas brigava com o Estado do Pará. O governo amazonense apoiava discretamente o Acre como uma causa brasileira. O governo paraense adotava a política federal e considerava o Acre um território boliviano.

Os três cavalheiros que estavam no sótão tinham tentado sequestrar Trucco. Eu havia impedido.

Cira e João Lúcio queriam minha ajuda. Mas eu não tinha condições de recrutar nem mosquitos para defender o Acre.

Minha política

Eu não gostava de americanos; era o único sentimento que podia oferecer naquele momento. Eu sabia que os americanos, em nome da humanidade, estavam se aproveitando do desespero espanhol em Cuba. Eu sabia que o exército espanhol também estava agindo de maneira suja. Havia campos de concentração, tortura e assassinatos. Já tinha morrido muito nacionalista cubano nas mãos dos carrascos espanhóis. Os americanos, interessados no açúcar cubano, chegaram com suas tropas de desordeiros e trucidaram os soldados espanhóis em retirada pela costa de San Tiago de Cuba. O mesmo estavam fazendo nas Filipinas. Os americanos se consideravam os novos cavaleiros andantes e tinham dinheiro. Eu faria tudo para atravessar na frente deles.

O revolucionário

Eu de pederneiras e fuzil Brown Besse, magra figura, chapéu colonial inglês, caminhando na selva com índios despidos. Dr. Galvez Linvingstone, I presume!

Love and Revolution

Cira não escamoteava absolutamente nada para que eu lutasse pelo seu amor. Enfrentar o imperialismo americano tendo como propelente ideológico o amor de uma mulher. E eu dizia, por favor, querida, isto não é romance do Abade Prévost! Quantas libras esterlinas temos nisso?

Ata

Comitê de Defesa do Acre.

Reunidos no Ano da Graça de Nosso Senhor Jesus Cristo de Mil Oitocentos e Noventa e Oito, às vinte e duas horas e dez minutos no local denominado Usina Velha, na estrada do Val-de-Cães, o nosso presidente Dr. João Lúcio de Azevedo deu como aberta a sessão, apresentando o convidado especial, o Dr. Luiz Galvez Rodrigues de Aria. Pedindo a palavra falou a companheira Sra. Cira Chermont: "A causa que defendemos não pede barreira de nacionalidade. Pede apenas a solidariedade. Lutamos contra a ameaça que pesa sobre o povo do Acre, uma região esquecida e miserável e que se tornou alvo da cobiça internacional." Pediu um aparte o companheiro Alberto Leite: "Lutamos contra a criação de uma Corporação Internacional que poderá dominar o Acre. Já existem muitas regiões do globo infelicitadas por esse tipo de empresa. Zanzibar é um exemplo." A companheira Cira Chermont prosseguiu: "A nossa melhor borracha vem do Acre. Até a metade deste século ninguém discutia a nacionalidade do Acre. Só os índios lá viviam e o Acre era evitado até pelos exploradores mais corajosos. Diziam que por lá havia febre. Os cearenses não tiveram medo da febre e entraram na região. Empurraram a fronteira com a própria miséria..."

Máxima

Certamente a miséria também é imperialista.

Ata — Continua

"... E quem se beneficiou foi o Brasil. Hoje a borracha do Acre recebe excelente cotação no mercado. Por isso, a Bolívia quer o território, incentivada nos bastidores por banqueiros ingleses e americanos. O ministro Aramayo, proprietário de minas de cobre em Tupiza, quer entregar o Acre a uma Corporação Internacional. Não temos ainda provas disso, mas seria uma catástrofe, um precedente perigoso na América do Sul." O presidente João Lúcio pediu um aparte: "O mais grave é que o presidente Campos Sales vem se prendendo a um tratado de limites que foge à realidade. Ele teme as pressões internacionais, teme perder créditos, e dessa maneira o Brasil acabará cedendo o Acre aos capitalistas." Prosseguiu a companheira Cira Chermont: "Há um documento com o cônsul da Bolívia.

O Dr. Luiz Galvez viu quando o cônsul americano entregou. Eu também estava na casa de Luiz Trucco e sei que esse documento é importante. Esse documento se relaciona com a Corporação Internacional." Falou, então, o Dr. Luiz Galvez: "É verdade, eu estava presente quando o Sr. Michael Kennedy entregou um envelope ao cônsul da Bolívia. Me parece que trata do Acre, o próprio Luiz Trucco fez referência a isso. Mas não sei de que maneira posso ser útil." Tomou a palavra a companheira Cira Chermont: "Nós queremos que o senhor consiga esse documento." O Dr. Luiz Galvez pediu a palavra: "Mas isso seria um roubo. Eu sou um estrangeiro, sujeito às leis de extradição." Tomou a palavra a companheira Cira Chermont: "O senhor estaria protegido e não seria mais do que um trabalho de documentação." Tomou a palavra o presidente João Lúcio: "Com esse documento teremos uma arma de denúncia poderosa." Tomou a palavra o Dr. Luiz Galvez: "Senhores, estou neste momento colocando a amizade acima de qualquer veleidade política. Por isso, aceito a tarefa, mas sinto-me desobrigado de me envolver em outros assuntos." Tomou a palavra o presidente João Lúcio: "O nosso movimento, de qualquer modo, saberá mostrar o seu agradecimento no futuro." Tomou a palavra o Dr. Luiz Galvez: "Preciso de uma semana para conseguir o documento." Falou o presidente João Lúcio: "Concedido, marcamos agora uma reunião para o dia 26." E a reunião foi encerrada tendo sido redigida esta Ata, por mim, 1º secretário Reinaldo Lemos Nogueira Filho, e, lida e aprovada pelos presentes, foi assinada.

Mulher fatal

Cira, traidora. Me jogou contra a parede e me levou a aceitar uma tarefa imponderável. Apertei a mulher contra o peito para sentir os dois hemisférios de carne. Cira dizia que eu não era realista e eu perguntei o que era ser realista.

Realidade da aventura

Você vem em busca de riqueza, meu anjo (ela costumava me chamar de meu anjo). E por aqui só se ganha dinheiro na seringa. Eu queria te ver com uma machadinha dando golpes no tronco de uma seringueira. Se endividando no barracão central. Uma figura clássica da sociologia amazônica.

Sociologia I

Ela acertou bem no alvo e descobri que precisava de todos os meus amigos para não caminhar numa estrada de seringa.

Sociologia II

A estrada de seringa da Amazônia não tem nada a ver com a estrada que liga Paris a Amsterdã.

Eros e látex

A lua começava a chegar na linha do horizonte entre silhuetas de esguios açaizeiros e estávamos deitados na grama. No quintal da casa de Cira. O marido dormia lá em cima e eu ia roubar um documento. As janelas apagadas da imensa casa e a textura dos cabelos de Cira espalhados na grama. Era difícil escapar ao destino de aventureiro.

Pensamento

Eu tinha uma semana para conseguir o documento mas não andava com vontade de me aproximar da casa de Trucco. Encontrava João Lúcio na redação do jornal e tinha perdido toda a espontaneidade. Eu fazia um gesto lacônico de comprimir os lábios e arregalar os olhos que podia tanto ser interpretado como um sinal de que estava tudo bem ou estava tendo problemas. Minha mania de ser ambíguo. E não apareci mais no Café da Abolição. Eu saía do jornal e comprava uma garrafa de conhaque num armazém. Subia para o meu quarto do Hotel Riachuelo e bebia até de madrugada.

Boa memória

Nas noites de conhaque e castidade vinha um verso de Cervantes. Era do romance *A Galateia*: "*Si a un pobre caminante / le sucediese, por extraña vía, / huírse delante / el albergue esperado / y con vana preteza, procurado, quedaria, sin duda, / confuso del temor que allí le ofrece / la oscura noche y muda / y más si no amanece, / que el cielo a su ventura / me concede la luz serena y pura. / Yo soy el que camino / para llegar a albergue venturoso / y, cuando más vecino / pienso estar del reposo, / cual fugitiva sombra, / el bien que huye y el dolor me assombra."*

História social

Os seringais da Amazônia eram chamados de "nativos" e produziam borrachas de qualidade variada. Alguns seringueiros, ambicionando um melhor preço, adicionavam impurezas ao produto. A borracha era vendida por quilo e essa prática era largamente utilizada. Em determinado momento, os compradores de borracha chegaram a confundir a palavra "nativa" com "impura". E os compradores ingleses e americanos, preocupados com a "pureza" do produto, sonharam em controlar as fontes "nativas".

Mocidade

Como tenho uma semana para conseguir o documento e estou com medo, peço vênia aos leitores para contar um pouco da minha mocidade. Em 1879 entrei na Universidade de Sevilha e fiz o curso de Ciências Jurídicas e Sociais. A Espanha andava agitada mas Sevilha era reduto conservador. Sevilha sempre defendeu a monarquia. A Universidade, ao contrário da cidade, era um foco de debates. Anarquistas, conservadores, trabalhavam no meio dos estudantes. Eu vivia afastado da política e me considerava um adepto do terrorismo boêmio. Andava com os guitarristas pelas bodegas do Alcazar e digo que não me impressionava com nada. Fui estudante regular, aprendi a falar francês, inglês e português. Comia bem e não dispensava uma mulher com comovedora honestidade. No verão, eu preferia os jogos íntimos. Instalava-me no quarto da pensão do Bairro de Santa Cruz, com uma garrafa de vinho e uma amiga. Passei a juventude de modo tradicional, com as mulheres, as feiras, as danças flamengas e os estudos, nesta exata ordem. Quando terminei o curso estava noivo de Paula Mercedes Mudejar. Ah! Paula... Tão pura e doce que enjoava, uma herdeira da fortuna de dom Fernando Rivadavia y Churroguera Mudejar, vinhateiro e fabricante de cigarros. Com o prestígio de dom Fernando, consegui um cargo no corpo diplomático. Fui trabalhar na residência de verão do rei, em San Sebastian. Eu deveria ter me casado com Paula em 1885. Fui salvo pela morte do rei Alfonso XII e minhas núpcias acabaram transferidas para o verão de 1886. É claro que o casamento não se realizaria nunca e o meu noivado acabaria de forma intempestiva, como tudo o que faço na vida.

Roubo

Meia-noite. Entrei na casa de Trucco com um lenço azul no rosto. O mordomo acordou e ameacei-o com uma pistola. Trucco veio ver o que era, de *robe-de-chambre*. A cara amarrotada de sono, e pedi o documento com a voz americana. Ele não reagiu e me passou o envelope azul. Examinei, era o que eu queria. Fugi soltando uma gargalhada pavorosa.

Correção

Perdão, leitores! Neste momento sou obrigado a intervir, coisa que farei a cada momento em que o nosso herói faltar com a verdade dos fatos. É claro que ele conseguiu o documento. Mas da maneira mais prosaica do mundo. Naquele dia Luiz Galvez foi a um restaurante do Largo da Pólvora e comeu um frango tostado. O restaurante estava vazio e havia algumas *cocottes* sonolentas conversando com os garçons desocupados. Luiz Galvez saiu irritado com o serviço do restaurante. Tomou um fiacre e rumou para a casa de Trucco onde se deixou cair na poltrona do gabinete do cônsul. Estava um calor insuportável e nuvens negras comprimiam as pessoas. Trucco estava se abanando com um leque de papel e enxugava o rosto com um lenço, olhando a janela. Os dois suplicavam por uma corrente de ar. Trucco pegou um papel e começou a ler, a testa gotejando. A luz era medíocre, e a chuva começou a molhar lá fora. Trucco pediu a Luiz Galvez que ele traduzisse o documento. Não confiava em outra pessoa para fazer este trabalho. Trucco marcou um encontro com Luiz Galvez, durante uma nova recepção em casa de dona Irene, para entregar o documento. Naquele momento o documento não estava disponível. Trucco ofereceu um emprego no consulado para Luiz Galvez. Disse que era perigoso trabalhar no jornal *A Província do Pará*.

Civilização

Um jornal do Rio de Janeiro informava que a Amazônia era a Hotentótia esmaltada.

Política relativa

Um conservador em Paris poderia ser um revolucionário em Belém. Em terra imatura até o Evangelho é virulento.

Rua

Desci a rua na direção do Café da Abolição e vi a confeitaria de Domenico Lizzano fechada. Uma tragédia que não me tocou. Lizzano estava na cadeia. Entrei no meio das vozes do Café e veio o garçom segurando a bandeja. Pedi o xerez de sempre e sentei. Cira puxou o braço do meu paletó e me arrastou para fora na frente de todo mundo. Imprudente ou exibicionista?

Alcova

Estendido na beira da cama eu fumava um cigarro e examinava uma reprodução da *Morte de Ofélia*, de Delacroix. Cira tinha me levado para a alcova e gostei dessa audácia. Agonizamos nos lençóis brancos.

Contrabando

Sir Henry Wickham roubou setenta mil sementes de seringueira do Amazonas. Disse ao funcionário da Alfândega que eram mudas para o orquidário da rainha. Uma mentirinha vitoriana. Colou.

Travessuras II

Outra festa na casa do prefeito. Dona Irene queria se redimir. Dona Eudóxia tocava valsa com seus dedos de salsicha, e um poeta cometeu diabruras mitológicas do Olimpo Grego. Céu sem nuvens e ponche. O prefeito estava de viagem. Na rua o movimento era grande e o governador falava de cartas anônimas. Dona Irene lembrou das epopeias de Tasso, numa prova de cultura. Trucco imaginou odaliscas no Acre. Odaliscas acreanas, para mim, morreriam de gonorreia. O governador gostou das odaliscas e escapuli da conversa maçante. Dona Irene me levou para conhecer sua coleção de queijos raros.

Rochefort

Prateleiras sebentas e formatos suados. Dona Irene lambia o sal dos dedos e sentou numa marquesa, segurando um exótico espécime da Tunísia. É parmesão?, perguntei na maior ignorância. Dona Irene se divertiu superiora. E num impulso me agarrou. Deixei que minhas mãos pairassem no ar, em torno do corpo dela. Acabei apertando a vasta cintura. Ela me convidou para trocarmos de ambiente. Fomos para o quarto roendo um queijinho mole. Parecíamos duas crianças.

Outra alcova

Sentei na austera cama do senhor prefeito. Um mosquiteiro branco descia do teto, amarrado com fitas. Dona Irene me desabotoava a roupa e eu me fazia de passivo. Ela deixou cair o vestido e libertou o corpo do maciço espartilho. Confesso que fiquei constrangido e acabei derrubado sobre a cama, ela percorrendo meu corpo com os dedos. Meu provolone de Valença, sussurrou no meu ouvido. Bateram à porta e eu corri para o guarda-roupa. Era clássico, já que ouvimos a voz do prefeito que chamava pela mulher e largava as malas no chão. Dona Irene me enfiou debaixo da cama e foi abrir a porta. Segurava o coração e disse ao marido que estava doentinha. Vi as duas pernas moverem-se e quase morri de rir quando a calça de *tweed* do prefeito caiu no chão. A cama sacudiu com violência sobre minha cabeça e procurei me aproveitar do entusiasmo do casal. Comecei a me arrastar, tentando chegar na porta entreaberta do quarto. Levantei e ia saindo quando os dois chegaram na melhor. Acabei junto com o casal, numa homenagem. Na sala, dona Eudóxia tocava sozinha e eu comecei a ficar enjoado com o gosto de queijo na boca.

Informação

Foi nessa festa que Luiz Trucco entregou o documento para o nosso herói traduzir. O caso com dona Irene pode ser verdadeiro.

San Sebastian

Não pude dormir aquela noite. Minha vida nunca daria uma história séria, era o tema de um folhetim. E a vida de Belém não passava de uma *blague* cínica de um folhetim. Temi que um dia me torturassem com queijo. Ouvi os sinos da igreja da Sé. 1887, eu estava em San Sebastian tentando pegar nas mamas virgens de Paula Mudejar. A Corte se transferiu para a cidade e eu conheci a duquesa Theresse Von Zienssine. Era casada com um nobre espanhol e possuía vastas terras no baixo Reno. Theresse era um genuíno produto do bem-estar alemão, gostava de ceias luxuriantes, de dançar flamengo e amar com sofreguidão. Três coisas que o marido sifilítico não podia dar. Nos encontramos num restaurante e fomos parar na alcova de seu palácio. Nossos encontros se tornaram tão evidentes que entre as mesas e alcovas de San Sebastian não se falava em outra coisa. O marido soube numa sacristia e não gostou. Paula Mudejar também soube e rompeu o noivado, tentando o suicídio bebendo três litros de vinho. Fui transferido para Roma. Perdi a Charuteria de ópera de don Fernando.

Clandestinidade

As pequenas janelas do sótão estavam abertas, mas o calor sufocava. O Comitê de Defesa do Acre estava reunido.

A clareza de um documento

State Department. Foreign Office.

Os Estados Unidos da América, por via diplomática, da República do Brasil, gestionarão o reconhecimento dos direitos da República da Bolívia nos territórios do Acre,

Purus e Iaco, hoje ocupados de acordo com os direitos estabelecidos pelo Tratado de 1867.

Os Estados Unidos da América se comprometem a facilitar à República da Bolívia o numerário bélico de que esta necessitar em caso de guerra com o Brasil.

Os Estados Unidos da América exigirão que o Brasil nomeie dentro do corrente ano uma comissão que, de acordo com a Bolívia, deslinde as fronteiras definitivas entre o Purus e o Javari.

O Brasil deverá ceder a livre navegação dos afluentes do rio Amazonas aos barcos de propriedade boliviana, assim como o livre trânsito pelas alfândegas do Pará e Manaus às mercadorias destinadas aos portos bolivianos.

Em recompensa aos seus bons ofícios a Bolívia concederá aos Estados Unidos da América o abatimento de 50% dos direitos da borracha que saia com destino para qualquer parte da dita nação e este abatimento durará pelo prazo de 10 anos.

No caso de ter que apelar para a guerra, a Bolívia denunciará o Tratado de 1867, sendo então a linha limítrofe da Bolívia a Boca do Acre, e entregará o território restante, isto é, a zona compreendida entre a Boca do Acre e a atual ocupação, aos Estados Unidos da América em livre posse.

Washington, 9 de maio de 1898.

Missão cumprida

Recebi agradecimentos sinceros e soube que a vida é como um argumento onde o presente e o futuro se misturam numa lógica de abandono. Em Paris tive um amigo anarquista que voou pelos ares num atentado. Deixou comigo um pacote de panfletos num papel amarelado. Quando me contaram a maneira como ele havia morrido, sem cabeça, um tronco esfarrapado, senti um susto mesclado de asco que me mostrou a incapacidade que eu tinha para a comédia burocrática. Os anarquistas velados não servem para diplomatas.

Sol e Arte

Entre aplausos, Justine L'Amour acenou com o leque descendo a escada do vapor. Dois marinheiros ajudavam a cantora por entre a chuva de flores. Da ponte do *Rhaethia*, o comandante acenava para a multidão. Justine me pareceu cansada e enfadada com o calor. Blangis descia logo atrás da prima-dona, com ares de senador romano.

Incidente

Blangis escorregou na escada e arrancou o xale de rendas de uma senhora que também desembarcava. Um intelectual começou a discursar enquanto o prefeito dizia galanteios à prima-dona. Blangis estava agora usando o xale e os carregadores desciam as bagagens dispensadas de vistoria. Os artistas da temporada lírica eram hóspedes oficiais do Pará.

Impressão

Justine L'Amour disse ao prefeito que o rio Amazonas não se comparava com o Garrone. E se referia ao Brasil usando a expressão "là-bas".

Cais de hospício

A passageira de quem Blangis tinha arrebatado o xale era inglesa e sacudia uma libra no nariz do ofendido funcionário da Alfândega. Vendo o francês transformar seu xale em lenço, tomou coragem e procurou reavê-lo. Ficaram cada um a puxar para o seu lado, até que Blangis largou de surpresa. Ela foi aterrissar numa pilha de cachos de banana madura, onde ficou chorando o arrependimento de ter viajado para a América do Sul.

Missão nos trópicos

Blangis e Justine L'Amour traziam a civilização. A passageira, sentada nos cachos de banana, vinha em missão evangélica. Era coronela do Exército da Salvação. Saíra de seu tranquilo Southwood, onde lera estarrecida no *Tropical Life* as notícias de que na selva amazônica os nativos pobres eram escravizados pelos nativos ricos que só queriam viver na luxúria e no álcool. Sentada sobre cachos daquela típica fruta tropical, começava a duvidar de sua missão de temperança e moralização. Os nativos além de devassos e alcoólatras eram também loucos, um estado em que o Evangelho sairia em desvantagem.

Déjeuné sur l'herbe

Comi um pudim de leite sob a proteção de um caramanchão de trepadeiras, no jardim da casa de Cira. Almocei com o casal Chermont, e Alberto me falou dos planos de ir às águas em Vichy. Cira me convidou para uma temporada na Fazenda de Marajó. Alberto concordou e ofereceu uma lancha da Companhia de Madeiras. O dia estava maravilhoso e perfumado como essa primavera incerta que o clima do Pará costuma brindar inesperadamente.

Promenade

Cira tencionava escapar do Círio de Nazareth, uma festa religiosa onde o povo se entrega ao divertimento e à tradição. Nunca tive a oportunidade de assistir ao Círio de Nazareth, mas era algo tão importante na vida do Pará que a própria temporada lírica começava depois do acontecimento.

Trabalho

Traduzi uma notícia sobre o caso Dreyfus e João Lúcio me contou da entrevista com Justine L'Amour e Blangis. O magnésio do fotógrafo falhou e não havia fotografias. A prima-dona falou de tufões no Atlântico e de merengue. Blangis informou que a companhia estava chegando do Caribe. Para João Lúcio era mais uma dessas companhias sem futuro que aventuravam pelos países latinos. Disse ao João Lúcio que só retornaria na outra semana, ia para Marajó com Cira. Ele balançou a cabeça.

Telegrama

divulgar documento
    pt vaez

Dúvida

João Lúcio leu o telegrama que vinha de Manaus e lembrou dos olhos de expectativa de Justine L'Amour.

Marajó

Não se sabe se é uma ilha, se não estivermos observando um mapa. A fazenda é muito bem cuidada. Enquanto isso, em Belém, o destino me empurrava. Comíamos bobagens, bebíamos vinho. Ao fundo, uma plantação de algodão até o limite natural da selva. Pescávamos de canoa, mas nunca apanhamos nenhum peixe.

Democracia

Quando Paes de Carvalho chegou, Trucco praticamente invadiu o gabinete, brandindo um jornal amassado. Paes de Carvalho pensou que havia irrompido uma nova revolução no Acre.

Diálogos democráticos

Trucco — Excelência, já leu *A Província*?

Paes de Carvalho — Não tive oportunidade ainda.

Trucco — Fui vítima de uma nefanda traição.

Paes de Carvalho — Nefanda traição?

Trucco — Leia o jornal!

Paes de Carvalho — Filhos da puta, como podem dizer uma coisa dessas. Eu, um patriota, aliado de americanos. Vão se dar mal, muito mal. Filhos da puta...

Trucco — Um escândalo, estou arruinado.

Paes de Carvalho — Bons tempos os de Floriano, a imprensa conhecia o seu lugar.

Trucco — Isso é matéria paga.

Paes de Carvalho — Meu governo desaba.

Trucco — Vossa Excelência deve tomar medidas enérgicas.

Paes de Carvalho — Quanto a isso, não há dúvidas. Tenente Fonseca, chame imediatamente o chefe de polícia.

Trucco — Vou comunicar ao meu embaixador.

Romanza

Cira apanhou uma mariposa e ficou observando o inseto com uma lupa. Chovia naquela madrugada. As telhas sussurravam de umidade e havia um odor de terra. Pela manhã o sol apareceu e Cira me acordou. Eu havia adormecido numa poltrona. A lua continuava no céu daquela manhã luxuriante. Fomos nadar na água fria e Cira caiu primeiro.

Redação matutina

João Lúcio preparava sem ânimo a edição do jornal. Sabia que tinha tocado o bicho com vara curta. *A Província do Pará*, estampando o documento na primeira página, havia esgotado e pelas nove horas da manhã não se encontrava nenhum exemplar à venda. Mas era um triunfo efêmero, para usar a expressão do próprio João Lúcio. Alguns tiras bem conhecidos andavam rondando o jornal e João Lúcio caminhou várias vezes pela oficina. A polícia cercou finalmente o prédio do jornal ao meio-dia.

Filosofia do aventureiro

Cira disse que no Pará o romantismo não era tísico, era epiléptico. Disse também que eu era o último aventureiro romântico na Amazônia. Será que eu não tinha mesmo outro talento? Evidente que eu sabia conhecer os meus limites. Sorri para ela como um oportunista aventureiro. Naquele tempo era preciso ter um certo requinte para ser oportunista. A aventura não era pejorativa no sentido político.

Democracia na província

Cinco tiras entraram na redação e invadiram o escritório de João Lúcio, derrubando tudo e obrigando o jornalista a ficar de mãos na cabeça. João Lúcio reagiu e esmurraram ele. Jogaram os grossos volumes de Direito na cara de João Lúcio, que começou a sangrar pelos lábios. Procuravam por um espanhol, e empurraram João Lúcio para fora. Um busto de Voltaire observava. Na oficina, uns dez homens armados de cano de ferro empastelavam o jornal. A multidão de curiosos viu quando João Lúcio saiu, a camisa ensanguentada. João Lúcio também viu a multidão e ouviu o barulho dos canos de ferro destruindo as máquinas, numa sinfonia muito comum na política nacional. João Lúcio cantava a Marselhesa.

Retorno

Caía um aguaceiro quando saímos de Marajó. A lancha quebrou a correia do leme num igapó lamacento e ficamos parados por três horas. A chuva tinha passado e sofremos um ataque de piuns. Eu já não elogiava tanto a ecologia amazônica.

Saldo

Chegamos em Belém no fim da tarde. Tínhamos compromisso com a estreia da temporada lírica. O Círio de Nazareth deixara o saldo de oito mortes violentas. Excessos do folclore.

Faiscante noite

Eu estava de pé olhando concentrado para o nó que meus dedos tentavam atar à minúscula gravata verde. Trotavam na alameda da Praça da República, os carros. E eles desciam, trocavam acenos, cofiavam os bigodes, mostravam os dentes e espalhavam-se em volta da bilheteria, cercando a grade de ferro que protegia o vendedor de bilhetes. Os cavalos resfolegavam com as narinas dilatadas e os cavalheiros alargavam com o dedo, rápidos para que ninguém notasse, os colarinhos duros. E a todo momento desembarcava mais gente, que a temporada lírica não era coisa que se deixasse passar em brancas nuvens. Do Teatro da Paz, os afinados da orquestra. Arcos deslizando em cordas de violoncelos e fagotes ponteando as cabeças que se voltavam e olhavam-se num relance inteligente. As damas cintilavam nos diamantes. Palpitação de seios e pérolas. Eu venci o nó da gravata e coloquei meu *top-hat*, olhei as pontas dos sapatos de verniz preto e pensei notar aquele reflexo de janelinhas deformadas, sinal do brilho.

Ópera

Cira e Alberto foram na minha frente e encontraram dona Irene num vestido azul-escuro com faunos e ninfas bordados, em perseguição amorosa. Os dois já subiam as escadas rumo ao camarote quando Cira notou que Walter lhe fazia sinais, perto de uma janela. Soube então o que tinha acontecido com João Lúcio. Soube também que estavam me procurando.

Commemorazzione verdiana

Rutilar de sedas e olhares de sonetos e na penumbra os acordes melancólicos da abertura. Escaldante calor, perfume. Sim, era verdade, verdianamente verdade que aquela era uma ópera triste. Mesmo o arrastar de cadeiras dos retardatários e os sorrisos de desculpas não encobriam a atmosfera pungente daqueles violinos. E logo as hostilidades de uma velha civilização adensariam a perdição da escrava Aída, núbia de pele escura, e de seu amado Radamés. Cira, fidalga, estava nervosa, olhava a cenografia pobre, os espectadores irrequietos que envergavam roupas mais ricas que a encenação do drama lírico.

Ainda Giuseppe

Cira recompunha o vestido, maneirosa. Com dois dedos segurava o binóculo pousado contra os olhos, varria a plateia, procurava um aventureiro retardatário.

> *"Celeste Aida, forma divina*
> *mistico serto de luce e fior,*
> *de mio pensiero tu sei regina,*
> *tu di mia vita sei lo splendor."*

A boca petulante dela devia estar tremendo, me imaginando já nas garras da polícia, num interrogatório. Entre hálito fétido, perdigotos e uma palmatória de couro de peixe-boi.

Uma longa ária errava em sua cabeça, vinha do palco, daquela Aída bem gaulesa, que abraçava a cintura de um Radamés altivo e vestes rotas.

Radamés

"Nume, che duce ed arbitro
sei d'ogni umana guerra,
protegi tu, difendi
d'Egitto il sacro suol."

A virtuose do tenor atraindo o binóculo, vaga pela expressão de ventos tempestuosos, o olhar de Cira.

Binóculo I

Metais discretos e melodiosos para o encantador *ballet* das servas de Amneris. Um sussurro aleatório logo deslocou o binóculo do palco. O coronel Tristão explorava as carnes empoadas de Léia Frasão, professora de História Pátria do Liceu e moça predisposta ao brilho da vida (Cira nem parecia notar [onde estaria Galvez?] o dedo médio do coronel testando o escuro bico do seio de Léia) austera mas sem regras rigorosas para o gozo do período letivo. A comichão do dedo arretava Léia, e Cira desviava para outro camarote e mais outro... fim do primeiro ato... cheguei muito tarde ao teatro. Os mouros já dançavam com longos leques de plumas.

Entreato

Dona Irene, que não tinha bom senso, também me procurava. O segundo ato começava e ela deixava o coração saltar entre notas de lá e si das trombetas. A Grande Marcha.

Binóculo II

Trombetas, coro, banda, orquestra, bailado, não incomodavam o governador Paes de Carvalho, tão cansado de intrigas e negaças que repousava no veludo do camarote.

Ao lado, bem acordado, o prefeito estava intrigado. Dona Irene saíra no intervalo, me procurava, estava demorando.

Fim do segundo ato, para não cansar os leitores.

Luar sobre o Nilo

"Qui Radamés verrá... Che vorrá dirmi?
Io tremo... Ah! se tu vieni
a recarmi, o crudel, l'ultimo addio,
del Nilo i cupi vortici
mi daran tomba..."

Camarote do segundo andar, lá estava eu sentado entre duas senhoritas amigas, boas meninas que se encantavam em selecionar rapazes na plateia. E Aída lamentava-se.

Meu Deus, aquele coqueiro de papelão vai desabar a qualquer momento... salva-se o coqueiro com o pano que desce para o quarto ato. Aplausos... Fui ao banheiro fumar um cigarro.

Templo de Vulcano

Os sacerdotes entoam hinos de cólera. Cira viu quando dona Irene entrou no camarote e colocou as mãos sobre meus olhos. Escuridão, pele áspera ao contato. Eu sorri e as minhas amigas também sorriram. Tristes metais em andante...

Binóculo III

Dona Irene me segredava alguma coisa numa atitude suspeita. Eu precisava fugir, ela me dizia, e minhas pernas tremeram que um herói não é de ferro. Ela repetia com voz de acalanto que eu precisava fugir. Dava os motivos. Eu me levantei e procurei sair. Cira me observava com a respiração suspensa. Dona Irene me arrastou para o toalete de senhoras e virou o trinco. Me beijava com a boca molhada de saliva, beliscava minhas costas e levantava a longa saia.

A cripta

"Vedi?... Di morte l'angelo
radiante a noi s'apressa...
Degli anni tuoi nel fiore
fuggir la vita!"

O banheiro fedia a urina. Tomei uma decisão. Dei uma bofetada em dona Irene. Fiquei irritado e repeti a dose diversas vezes, ela estava incrédula, pálida, muda. Ela caiu quase desfalecida de medo, soltou um grito rouco e eu me precipitei para o corredor. Dona Irene não desistiu, engatinhou para fora, uivando como uma louca de romance gótico.

Dueto final

Radamés — *Il tripudio*
dei Sacerdoti...
Aída — *Il nostro inno di morte...*

Fiquei atordoado com aquela mulher engatinhando rápida e molhada de urina. Perdi alguns segundos. Ela gritava ajoelhada e eu procurei a escada. Do palco, os metais repetiam o tema de Aída e os tímpanos marcavam o movimento, contrabaixos. As pessoas saíam dos camarotes e um grupo de policiais subia a escada. Retrocedi e eles viram nisso alguma coisa de suspeito.

Dueto bufo

Dona Irene — Ele me atacou. Tentou me violar, uma mulher casada.
Radamés — *O terra, addio; addio valle de pianti*
...sogno de gaudio che in dolor svaní...

Corri para o camarote de minhas amigas, elas estavam aterrorizadas, mas ignoravam o que se passava. Ouvi o prefeito gritar alguma coisa e minhas amigas começaram a chorar. Radamés tentava erguer a laje de papelão sem nenhum sucesso.

Dona Irene — É ele, é o espanhol anarquista...
Aída e Radamés — *A noi si schiude il ciel e*
l'alme erranti volano al
raggio dell' eterno dí.

Variante verdiana

Um policial tirou o apito e deu o alarma. Saltei do camarote para a plateia e muitos espectadores também começaram a correr. Ouvi um rumor de vozes assustadas quando meu corpo saltou no espaço e foi cair sobre o tapete. Levantei e me vi cercado de policiais. Avancei distribuindo socos. Vi um dente voando na direção de um lustre. Subi no palco e a confusão era generalizada. Muitos cavalheiros, sem perceberem ao certo o que se passava, atacavam os policiais que corriam pela plateia como dementes, empurrando as senhoras e deixando um detestável cheiro de gente sem higiene. Ouvi uns disparos. Aída estava caída na cripta e Radamés olhava assustado para mim e para o turbilhão de soldados de polícia que subia para o palco. Passei por ele como um raio e me refugiei no Templo de Vulcano. Os policiais escalavam as altas paredes de perfis egípcios e hieróglifos. Os sacerdotes emudeceram. Justine L'Amour, a prima-dona, levantou a cabeça e, vendo a confusão, gritou um lindo agudo e desmaiou nos braços de Munié. A orquestra havia cessado entre guinchos e instrumentos amassados. Uma confusão faraônica, se o leitor me permitir a licença poética. A polícia nem ao menos parecia interessada na minha pessoa, trocava socos com os cavalheiros da plateia, engalfinhava-se com os artistas no palco, combatendo em várias frentes uma batalha bizarra. Alcancei os bastidores e, sem ao menos saudar algumas coristas que choravam na coxia, escapei pela porta dos fundos, como num folhetim.

Triunfo

Briosa polícia paraense, única na América do Sul: venceu o exército de um faraó.

Fim de ato

Mangueiras e fícus da Praça da República. Cira estava me esperando no carro. Uma demonstração de espírito. Estugou os cavalos para o porto e me deu uma ordem bancária. Trepidávamos. Eu não queria aceitar aquela oferta, eu sabia que seria difícil tornar a ver Cira. Eu nunca pagaria aquela dívida. Ela dobrou a ordem bancária e meteu no meu bolso como uma ordem. Obedeci. Disse adeus e um obrigado em voz baixa. Ela também não se enganava.

Viagem

Calmaria de madrugada portuária. Havia um vapor deixando o cais. Subi para bordo e procurei me esconder. Depois resolveria o meu destino. Ferragens, apitos e marulhos. Cira sumiu na escuridão e o vapor desatracou em meia velocidade. Pelo menos seguiu rio Amazonas acima.

2

Em pleno rio Amazonas

"Dizei-me, o que pode ser
o que à minha fantasia sucedeu,
quando dormia, pois aqui me estou a ver?
Mas, seja o que me aconteça,
quem se mete a discutir?"

Calderón de la Barca, *A vida é sonho*

Cabotagem

Nesta segunda parte da história o nosso herói, subindo o rio Amazonas, percorre as quase novecentas milhas que separam Belém de Manaus. Existem na região 218 espécies de mosquitos classificadas pelos cientistas.

Despertar

Eu nem havia notado que aquele porão cheirava a pau--rosa e incenso. Invadira o vapor na escuridão e só agora, quando o dia entrava no porão, podia reconhecer o ambiente que logo me pareceu uma masmorra flutuante. Por uma claraboia danificada vinha um vento persistente. Era por ali que as pessoas deviam descer e me surpreenderiam embolado sobre o que, no escuro, me pareceu uma pedra. Acredito que deviam ser umas nove horas da manhã, o sol estava forte e o dia muito azul. A pedra em que eu havia me deitado não era uma pedra, era uma tartaruga.

Carga santa

Eu estava com o estômago tão leve como minha própria alma. Observei as patas da tartaruga que pareciam mãos de velha. O vapor tinha o porão entulhado, sujo, e me dava pouco espaço. Havia arcas, baús e malas de flandres. A princípio me pareceu um vapor de passageiro. Não um vapor brasileiro, já que possuía porão e parecia um transporte de mar. Pensei que estava num desses pequenos navios que chegavam por lá com missões de cientistas ou políticos. Por isso, não era um vapor comercial e os passageiros eram especiais. Na parte em que o porão afilava para a proa, notei algumas imagens de santos de proporções humanas. Levantei e resolvi vasculhar as bagagens e a carga.

Comércio

As imagens de santos estavam amarradas como mártires. Havia um caixote com outras imagens menores, outros caixotes com pacotes de santinhos em tricromia, terços de âmbar, crucifixos e medalhinhas de latão, catecismos de primeira comunhão encadernados em madrepérola e outros artigos de miudeza da devoção católica. Algumas arcas continham paramentos de missa para todo o ano litúrgico. Descobri batinas, alvas, hábitos, ostensórios, báculos, cálices, galhetas, turíbulos, candelabros de sete velas, martelos com pregos e coroas de espinhos.

Visão

Sentei e admirei a sagacidade comercial de quem quer que fosse o proprietário daquelas mercadorias. O comércio religioso seria certamente o mais rendoso naquela terra. Todos eram aparentemente católicos. Qualquer coronel de barranco ficaria orgulhoso em possuir uma capela no seringal, com imagem de gesso e paramentos completos. E entre os produtos de seu armazém, não deixaria de incluir os itens devotos para o exercício espiritual de seus empregados. Encontrei também um estoque de vinho e goiabada.

Roma

Devia ter umas duzentas imagens de Santo Antônio só naquela caixa. E vendo um paramento me lembrei do bispo de Palermo. Eu estava em Roma em 1889, para onde os zelos da diplomacia espanhola tinham me transferido. Me vestia pelos melhores alfaiates e conheci Bianca Donatelli, princesa toscana. Roma é uma cidade encantadora para todas as extravagâncias. Tudo se perde na gritaria dos italianos. Mas Bianca era uma loura sem inibições e estava casada com o marquês de La Froid-Désire. Bianca era uma dessas mulheres que olham os homens com credulidade. Uma mulher, portanto, rara. Tão rara que, enfrentando os preconceitos de um país católico, indulgira em se tornar amante de um bispo. Isso antes de nos encontrarmos. O bispo era um virulento siciliano que por baixo da batina suada guardava o sangue quente de Palermo. Era um "homem de honra", para o meu azar. Encontrei Bianca numa recepção do Vaticano. Naquela mesma noite tomamos um coche e percorremos a estrada de Óstia, experimentando as mais esquisitas sensações. Basta dizer que gastamos dois dias nesta viagem, até sermos surpreendidos numa estalagem pelo meu chefe, o segundo-secretário adjunto da embaixada. O bispo tinha feito ameaças contra mim e o embaixador exigia a minha imediata presença na legação. Deixei Bianca para ouvir do embaixador que o bispo não admitia que um funcionário subalterno lhe colocasse cornos na testa que o próprio papa havia abençoado. Fui transferido para Paris como terceiro-secretário. Confesso que pouco conheci Bianca e só a ouvi dizer uma palavra: *Auguri!* Bem na hora que eu saía do quarto para atender o segundo-secretário que batia histérico na nossa porta.

Piedade

Ouvi um rumor de vozes. No tombadilho um grupo de mulheres rezava com um fervor profissional. Fiquei intrigado com aquele vapor de carga tão santa e passageiros tão devotos.

Ave-maria!

Pela claraboia danificada eu podia ver o tombadilho. Ouvia uma voz de contralto puxar solitária um conjunto de vozes cristalinas e uníssonas. Elas estavam com os hábitos batidos pelo vento e me comoveram pela inocência que contrastava em brancura com o rio amarelado. Mostravam-se tão absorvidas que se o vapor naufragasse iriam direto para o céu. A maioria era de mulheres jovens, exceto duas irmãs centenárias que repetiam a oração no sussurro das paixões extintas. Rezaram a tarde inteira, e quando caiu a noite o vapor estava silencioso no incessante barulho de caldeiras. Arrumei uma cama de paramentos e, como fazia calor, tirei a roupa e fiquei de ceroula. Os leitores não esqueçam que eu me encontrava vestido de fraque. Consegui dormir e, no meio da noite, um temporal sacudiu o barco com violência.

Rosário

Abri os olhos e deparei com um rosto de mulher. Me levantei assustado e ao mesmo tempo preocupado com a possibilidade de haver um alarma. Confesso que não estava gostando nada daquele vapor com ares de convento flutuante. A freira riu e eu procurei colocar as calças, que ceroulas não são trajes para se encontrar uma religiosa num porão. A freira me deu bom-dia numa voz calma e sentou numa das arcas. Conversamos. Ela me disse que detestava o rosário das seis horas da manhã e os lençóis de algodão grosso.

Liturgia

Irmã Joana disse que seria minha cúmplice e não perguntou pelo meu passado. Eu estava a bordo de um vapor a serviço da Igreja Católica. Uma missão de religiosas a caminho de Manaus, onde iam fundar um colégio para moças pobres. O próprio bispo do Pará acompanhava a missão. Irmã Joana tinha realizado seus votos há pouco mais de dois anos e não me parecia feliz com isso.

Novena

Nossos encontros duraram nove dias e o vapor já tinha feito escala nas seguintes cidades: Breves, Piriá, Arumanduba, Almeirim e Prainha. Em cada escala, foguetório e missa campal. O vapor estava também mais carregado com os óbolos. Capoeiras de galinhas, porcos, quartos de bois. Irmã Joana me protegia com o próprio corpo, se assim posso dizer.

No primeiro encontro ela me disse que não tinha vocação. Tinha descoberto isso em Belém vendo um desfile na Semana da Pátria, com todos aqueles soldados.

No segundo dia ela deixou que eu lhe desse um beijo e me deu prato de guisado de galinha.

No terceiro dia ficou nua e me mostrou um sinal em forma de cruz que havia perto de seu seio esquerdo. O sinal que ela pensara ser a sua vocação.

Nos outros cinco dias ela me deixou explorar o seu corpo nem totalmente feminino, nem masculino. Joana realmente vivia num outro mundo, mas não era uma virgem. Me contou que havia perdido a virgindade numa brincadeira com um primo. Na primeira vez que nos amamos ela estava fria e eu tive que me ferir empurrando-me por aquelas paredes secas. Ela gemeu e queria gritar, mas teve medo, sentia dores e pelo sofrimento começou a conhecer o prazer. Uma lição cristã.

Diabo a bordo

Quando deveríamos começar um novo ciclo de novenas, fomos descobertos. Joana estava ficando displicente e aparecia no porão mesmo nas horas de oração comum. As duas velhas religiosas notaram a falta de Joana e, desconfiadas com o júbilo um tanto terreno que ela ultimamente andava demonstrando, flagraram o clandestino com a ovelha desgarrada.

Inquisição

O bispo estava em seu desarrumado camarote preparando-se para a verdadeira novena das cinco horas da tarde. Estava um pouco cansado e a cabeça doía o suficiente para tirar-lhe o rarefeito humor (seus sermões sobre o inferno eram famosos no Pará, e dizem que conhecia mais de trinta sinônimos para a palavra demônio). As traças tinham começado a dar cabo de uma alva e haviam roído uma preciosa renda da ilha da Madeira que guarnecia os punhos do paramento. Arrumou a mitra e fez uma expressão de dor no espelho. Notou algumas espinhas no rosto e concluiu que elas deviam estar ligadas ao tempero do cozinheiro de bordo. Esmagou uma a uma as espinhas e teve a impressão que a dor de cabeça começava a melhorar. Ouviu, então, as freiras gritando lá fora e sentiu novamente a irritação começar. Pensou que as freiras tivessem organizado algum passatempo, quando a porta do camarote se abriu. Duas religiosas entraram de maneira intempestiva.

Êxodo

Irmã Joana foi encerrada num camarote e obrigada a fazer jejum. As duas velhas superioras me acusavam de ter parte com Satanás e de ter induzido à luxúria uma noiva de Cristo. Eu tentei explicar que não via a coisa por esse lado, mas o bispo, irritado, mandou que me desembarcassem imediatamente. Olhei e não vi mais do que uma linha de praia na margem. O bispo ouvia as velhas superioras descreverem, com riqueza de detalhes, a situação em que nos haviam encontrado. Eu disse todos os detalhes e sem nenhum exagero, já que até certos ruídos uma das irmãs reproduziu com a boca molhada de saliva. Emile Zola invejaria aquela narrativa realista, e descobri que a aventura tinha me transformado num personagem de Boccaccio.

Corografia de Flaubert

Não muito longe do local em que largariam o nosso herói, o rio Amazonas possui 1.900 metros de largura e cem metros de profundidade. Ele corre à velocidade média de sete quilômetros por hora e, em cada minuto, passam de quatro a 12 milhões de metros cúbicos de água, conforme haja vazante ou enchente. Segundo amostras, a quantidade de material fino e das substâncias dispersas na água é de cerca de 620 milhões de toneladas por ano. Dizem as más línguas que o rio Amazonas não é um rio nacionalista, pois está aterrando as costas da Guiana com terra brasileira.

Lost Planet

Largaram-me numa praia deserta do rio Amazonas. A aventura começa agora. Andei pela praia enquanto o vapor eclesiástico se distanciava. Tirei os sapatos e arregacei as calças, fui chutando a água. Andava sem direção e me espantei com a imensidão de água amarela.

Estilo

Estou prisioneiro de uma paisagem. A praia era a terra de ninguém, e comecei a pensar no desafio que aquela paisagem devia representar para a literatura. Ora vejam como eu era civilizado! Eu estava abandonado na selva e pensava em problemas literários. Problemas que, por sinal, ainda não consegui superar. Sei apenas que a preocupação com a natureza elimina a personagem humana. E a paisagem amazônica é tão complicada em seus detalhes que logo somos induzidos a vitimá-la com alguns adjetivos sonoros, abatendo o real em sua grandeza.

Armadilhas

Hoje, velho e cansado, o que posso dizer daquela paisagem? Entre um adjetivo e outro, muito mais fácil a ladainha de vanguarda, sintoma da megalomania amazônica. Naqueles dois mil metros quadrados de mata eu podia encontrar cerca de 502 espécies de plantas. Milhares de quilos de folhas, toneladas de troncos e raízes grossas. Matéria orgânica mais do que montanhas e pedras da minha terra. Num só hectare de terra há 84 quilos de massa biológica. A selva é podre e viva. Eu estava com fome e pensava naquele momento em encontrar alguma coisa para comer. Alguma fruta. Desisti, tive medo de comer alguma coisa venenosa.

Pré-história

Começou a anoitecer e vi o céu do lado da selva se transformar numa rotunda de estrelas. O que tinham a ver os novos ricos, as damas, as *cocottes*, os vagabundos, os arigós, os religiosos, com aquela parede de folhas sem beleza? Alguém me tinha dito em Belém que a gente fica mudo na frente da paisagem amazônica. Não é verdade. Um homem fica humilhado e há um sabor deslumbrante e decadente de pré-história. Sabor que me trazia irritação. Como filho do mar de Cádiz, eu já havia experimentado esse esmagamento natural. Mas o mar é clássico e sem minúcias. Ali não havia ressacas, nem onda, nem sol sobre dorso de esmeraldas e espuma. A mata é muçulmana. Eu via no lusco-fusco uma imensa tapeçaria persa.

Sintaxe

Na minha inação sentei na areia e deixei a paisagem invadir a ação. Meu olhar era uma figura de retórica.

Jules Verne

Eu estava com os fundilhos molhados de água e vi que a condição de aventureiro é quase sempre desconfortável. O aventureiro vive como se estivesse em fim de carreira. Não existe marasmo e os contratempos estão sempre escamoteados das histórias de aventura. Pois digo aos leitores que ninguém passa mais baixo que o aventureiro. Quem me dera fosse eu um Phileas Fogg na calha do rio Amazonas fazendo a volta ao mundo em oitenta seringueiras.

Phileas Fogg

Eu não tinha medo de feras e sabia que as situações mirabolantes também eram dados do real. Robinson Crusoé. A brevidade da vida era pior do que o ataque de piratas.

Materialismo

Pela manhã descobri que o mundo não vale tanta análise quando o estômago se contorce exigindo uma atitude. Os insetos e os bichos fazem um barulho do caralho durante a noite. Quase não dormi. Encontrei uns ingás.

Gulliver

Estava se formando um temporal e ouvi um barulho vindo do rio. Barulho de remos que se aproximavam. Fiquei alegre e pensei que fossem ribeirinhos se dirigindo para alguma festa. Mas, por prudência, contive a alegria e resolvi me esconder. Um aventureiro prudente vale por dois. Senti um frio quando descobri que eram selvagens. Eu tinha me escondido numa árvore bem alta e vi umas dez ubás lotadas de índios exageradamente felizes com padres e freiras. Desembarcaram e trouxeram os religiosos para a praia como mercadorias preciosas. E eram. Arrumaram os religiosos numa elevação de areia e vi que algumas freiras choravam. O selvagem que comandava a caravana dirigiu-se ao bispo e disse algumas palavras. O bispo não se mexeu e logo se ajoelhou numa oração de mártir resignado. Alguns selvagens começavam a improvisar grelhas de galhos de árvores e estavam entrando e saindo da mata. Fiquei com a respiração suspensa. Eles bem podiam me farejar lá em cima da árvore. Levaram quase o dia inteiro arrumando as grelhas e preparando fogueiras.

Etnografia I

As vítimas foram amarradas em troncos, por uma corda longa que permitia o movimento. Os religiosos aproveitaram essa folga para ajoelharem-se. Depois, os selvagens ofereceram tacapes para que pudessem se defender. Não aceitaram, e foi com indignação que fizeram saltar os santos miolos em golpes de mestre. Os corpos foram imediatamente despidos e desmembrados. Sem nenhum tempero visível, foram colocados para assar.

Etnógrafo

Os ingás não me haviam enchido o estômago e aquele odor adocicado de assado era tentador. Não quero chocar ninguém e não sei se participaria do banquete, se convidado, mas que a fome era forte, isso não duvidem. O suor escorria pelo meu sovaco.

Etnografia II

Os selvagens lavavam a garganta com uma bebida que devia ser alcoólica. Cada rodada da bebida aumentava a euforia. Dançavam graciosamente em torno das fogueiras. E eu estava com os braços ficando insensíveis de tanto me agarrar no tronco da árvore. Minhas pernas formigavam e fechei os olhos. Vi quando os selvagens amarraram uma freira numa árvore e praticaram tiro ao alvo com flechas. Era Joana.

Perdão, leitores!

Mais uma vez sou obrigado a intervir na narrativa. Em 1898 já não havia índios nas margens do baixo Amazonas. E desde o século XVIII não se tinha notícia de cenas de antropofagia na região. Nenhum branco, pelo menos por via oral, havia sido comido no século XIX. Nosso herói, evidentemente, procurou dar um melhor colorido para os dias medíocres que passou em Santarém, onde na verdade foi desembarcado com Joana, a freira sem vocação religiosa. Em Santarém ele encontrou uma missão científica inglesa e logo se tornou amigo do organizador da caravana, o dr. Henry Lust, grande naturalista e gastrônomo. O nosso herói ainda vai falar dessa curiosa personagem.

Geografia

O rio Amazonas, como rio de planície, possui uma correnteza vagarosa e cria sinuosas trajetórias. É a maior bacia hidrográfica do mundo e a única que não legou nenhuma civilização importante para a história da humanidade. Dizem que o Amazonas não é um rio, é uma gafe geológica.

Descoberta

Acordei com a luz preguiçosa dominando a praia e os selvagens já se tinham retirado. Deslizei o corpo para a areia e senti um calor intenso. Ouvi um suave rumor de orações e me levantei assustado. Joana estava ainda amarrada, o hábito sujo como penas de pássaro. Corri para ela e forcei as grossas cordas de cipó até que meus dedos começaram a sangrar. Joana despertou daquela espécie de letargia e me empurrava. Procurei um objeto mais cortante e encontrei um daqueles facões de madeira que os índios haviam esquecido. Joana caiu em meus braços quase desfalecida e pediu água. Arrumei uma cama de folhas e deitei a minha companheira que não fazia mais do que mover a cabeça.

Insônia

Passei uma noite terrível. Com medo de deixar Joana na cama de folhas, decidi carregá-la para o alto da árvore. Não consegui dormir com medo que ela despencasse.

Sobrevivência na selva

Passamos três dias de chuvas e eu tinha improvisado um jirau onde nos escondíamos. Estava ficando desanimado com o estado de saúde de Joana, e procurava comida pelas redondezas. No segundo dia consegui matar uma garça. Ela tinha ficado imóvel numa poça d'água e eu aproveitei a sua ignorância quanto às intenções humanas. Joana começou finalmente a se reanimar e agora se entregava às orações. O demônio me parecia a umidade e o calor. A batata de minha perna estava praticamente devorada pelos insetos.

Reencontro

Acho que era o quinto dia, ou o sexto, não me lembro mais. Olhei para o lado e vi que Joana havia desaparecido. Eu estava tão cansado e derrotado que nem pensei em procurá-la. Fui para a praia e vi que ela estava lá, mexendo a água com o pé. Parecia recuperada. Joana tinha alguma coisa a ver com aquela garça, uma silhueta leve, o hábito sujo levantado para não molhar e o rosto na sua morenice que tinia no marulho de água em seus calcanhares. Ela me viu e deixou algumas lágrimas escorrerem.

Confidências

Joana ainda não se conformara. Dizia que queria voltar para um convento. Ela metera na cabeça que aquela tragédia tinha sido um novo sinal. Uma noite me beijou e me obrigou a percorrer minha mão pelo seu corpo. Masturbou-se com meus dedos e depois chorou. Não sei por que comecei a contar das lágrimas de Agnes Louise La Fontaine. Lágrimas que eram bem diversas das que Joana deitava naquele momento.

Revolução sexual

Paris. 1891. A Cidade Luz andava sacudida por atentados anarquistas. A Place Pigalle tinha sido invadida por marafonas de Argel. O Théâtre du Chatelet anunciava uma cantora espanhola e lá eu encontrei Agnes Louise. Era amiga de Jean Paul, um jovem anarquista que frequentava a minha casa. Era uma mulher admirável, como todas as mulheres do passado de qualquer homem. Agnes era a realização sexual plena da França industrial. Começamos a nos encontrar num hotel da Rue de Rivoli, próximo ao Louvre. No quarto do hotel tive grandes lições daquilo que a França sempre soube exportar. Agnes era abnegada e quando me orientava uma verdadeira tese sobre as zonas erógenas, fomos surpreendidos pelo marido. Eu nunca tive sorte com maridos e recebemos uns tiros. Felizmente era um péssimo atirador e sofria de convulsões. Vi o homem afogar-se em tosses como se a podridão orgânica fosse um direto resultado das práticas da esposa. Socorremos o pobre armador e ganhei uma nova transferência. Agnes não esqueceu de me oferecer um inesquecível bota-fora em Bordéus.

Borrasca

Vento e chuva carregaram o nosso jirau. Ficamos desabrigados e encharcados, rígidos de frio. É incrível como faz frio numa chuva amazônica. A tempestade durou uma noite inteira e pela manhã tivemos uma visão de sonho. Um vapor vogava próximo à praia. Trazia uma bandeira inglesa e mal acreditamos. A chuva estava mais fina e varria a praia em cortina. Corremos para a nossa salvação.

Os cientistas

Sir Henry Lust nos recebeu com seu porte baixo e seu bigode louro de oficial britânico. Cheirava rapé, um costume que adquirira na Índia. Era um cientista visitando o vale amazônico a convite do governo do Brasil. Estava voltando para Manaus, onde terminaria a sua viagem de estudos e então retornaria a Londres.

Chá e simpatia

Nos deram roupas enxutas e um camarote aquecido. O meu corpo estava febril e meus olhos ardiam. Senti o vapor largar e o sol tornar a abrir uma clareira azul no céu. Procurei repousar e Joana dormia profundamente com o corpo enrolado no beliche. Quando a tarde desaparecia, o imediato veio avisar que Sir Henry nos convidava para o chá. Levei Joana ainda trôpega de sono e me encontrei num tombadilho onde as cortinas impermeáveis haviam sido descidas pelos lados e transformara-se num agradável salão de refeições. Fomos sentar na mesa de Sir Henry e me servi de deliciosos biscoitos que se desmanchavam ao contato do chá da Índia. Outras mesas começaram a ser tomadas, possivelmente por membros da expedição. Numa delas, uma bela mulher escondia o rosto num véu escuro. Estava acompanhada por mais três moças que agiam como damas de honra.

Drama

A bela mulher era Justine L'Amour, prima-dona da Companhia Francesa de Óperas e Operetas. E François Blangis, o maestro, estava logo ali sorvendo o seu chá com fatias de bolo de chocolate. O que estaria fazendo uma *troupe* de artistas líricos numa expedição científica? Boa pergunta para encerrar um capítulo de folhetim.

Seriam os amazonenses extraterrestres?

Sir Henry Lust estava na Amazônia com a permissão do governo brasileiro e por sua própria conta. Era um homem rico, apesar de seus vinte e oito anos. Sir Henry fundara em Bombaim a British Society for Primitive Metaphysical Research e era engenheiro. Falava na terceira pessoa do plural e recebera a Ordem da Águia Branca de Adis-Abeba. Era um desses pioneiros que percorriam a Amazônia em nome da ciência. Deglutindo os fofos biscoitos, Sir Henry me ofereceu suas teses reveladoras. "Quando lhe disserem em Manaus", grunhiu Sir Henry, "que o Teatro Amazonas é obra de um obscuro governador, não acredite. Isso é fruto da ignorância dos nativos. Estamos certos, Mister Aria, que os extraterrestres existem e que o Teatro Amazonas é uma de suas marcas. A concepção de que o Teatro Amazonas é um artefato espacial é exclusivamente racional, isto é, a intervenção no meio da *jungle* equatorial é produto de seres inteligentes, mais poderosos do que nós, seres materiais, habitantes do espaço exterior." Sir Henry acabou a frase apontando um dedo branco e encardido de fumo para o céu azul. Os vinhos de Sir Henry eram dignos dos extraterrestres.

Pintura rupestre

"Tudo começou na primavera de 97, Mister Aria. Nós estávamos visitando as cavernas de Altamira. Observávamos aquele relicário da pintura rupestre quando nos surpreendemos com um desenho até então despercebido em seus detalhes." (Sir Henry era um grande amazonólogo. Conhecia as obras de La Condamine e Humboldt. Considerava a Amazônia como área ideal para o cultivo de palmeiras.) "Sentimos que estávamos no limiar de uma grande descoberta. Naquele tosco desenho via-se claramente um artefato alado e flamejante, com a mesma silhueta do Teatro Amazonas. Reproduzimos cuidadosamente o desenho em nosso *baedecker* e nos asilamos durante quinze meses na Biblioteca de Londres. Saímos de lá com novecentas páginas de anotações. Estamos agora conferindo e já fizemos prospecções nos próprios labirintos do Teatro Amazonas."

Antropologia física

Sir Henry não concebia que o Teatro Amazonas fosse obra de seres humanos. Muito menos dos semicivilizados nativos, notórios por sua inferioridade racial e total falta de capacidade para o raciocínio lógico.

Erudição colonial

Segundo o carmelita Montserrat, em sua *Maravilhosa Narrativa pelo rio das Amazonas na Guerra Justa do Marañon*, escrita em 1665, um nativo que se havia alfabetizado morrera de convulsões cerebrais ao tentar ler a *Summa* de Tomás de Aquino.

Delacroix

Justine L'Amour apertava as mãos molhadas de suor repetindo um gesto nervoso do teatro. Suas companheiras acreditavam que ela estava à beira da loucura. Justine falava pouco, quebrava todos os copos que segurava e chorava continuamente. Fiquei penalizado com a figura deplorável da cantora lírica e não resisti por muito tempo à curiosidade de conhecer as suas dores. Justine se derretia no tombadilho como uma maltrapilha Charlotte Corday.

Saudações nativas

Estávamos passando por Óbidos e o aglomerado de casas movimentava-se com seus habitantes. Crianças corriam pelo barranco e um grupo de homens se plantara no trapiche, fazendo acenos. Sir Henry mandou o vapor soltar estridentes apitos de confraternização.

Atribulada temporada

Eis o que me contou Blangis: Na noite da estreia estava tudo perfeito. Tínhamos ensaiado até as cinco horas da tarde, a orquestra estava afinada e o elenco parecia disposto. Seria a nossa décima apresentação de *Aída*. O cenário estava montado e jantamos nos bastidores como sempre fazemos antes das estreias. Estávamos todos nervosos, o que era natural. Afinal, era a nossa primeira récita no Brasil e não tínhamos ideia de como seria a plateia. Meia hora antes de subir o pano a casa já estava lotada e esperávamos um público pelo menos gentil. Justine estava bela como uma deusa, e da bilheteria recebemos a notícia que teríamos um lucro de quinhentos mil-réis. O primeiro ato seguiu sem problemas e tivemos dois aplausos em cena aberta. Os brasileiros pareciam refinados e nosso ânimo começava a levantar.

Caribe

Os temores de Blangis não eram movidos por nenhum preconceito antibrasileiro. Em Caiena, a Administração Colonial taxava ópera como artigo de luxo, o que quase leva a Companhia à falência. Em Trinidad-Tobago, foram presos como terroristas irlandeses. Em Havana, tiveram duas coristas violadas.

Equívoco lírico

Ainda Blangis: O dueto final de Radamés e Aída começava quando ouvimos um grito de mulher na plateia. (Senti um calor de vergonha subir pelo corpo.) Um tumulto irrompeu no auditório e logo vimos o palco invadido por soldados de polícia. Ficamos desesperados e pensamos que nos estivessem prendendo. Robert, o maquinista, veio me perguntar se a cena lírica era permitida no Brasil. Fiquei sem saber responder, já que os costumes humanos mudam com as latitudes. Mas no palco os nossos entravam em luta com os soldados e acabamos subjugados.

Paris ilustrada

Blangis havia lido a história de um explorador francês que morrera nas mãos de uma tribo da África pelo simples fato de ter espirrado na frente das mulheres. Adepto assíduo do rapé, o explorador não resistiu a uma boa série de espirros sob os olhares indignados dos negros. Para aquela gente, espirrar na presença de mulheres era um crime tão nefando quanto fornicar no altar de uma igreja. Quem sabe a ópera não possuía algum tabu no Pará?

Prima-dona

Sem coragem para enfrentar o futuro, Justine se indignava com a aparente displicência de Blangis. Desconfiei que ela andasse se consolando nos braços do vigoroso Sir Henry.

Masmorras

Blangis: Não permitiram nem que tirássemos a maquilagem, e aquele bando de egípcios antigos atravessou as ruas escoltado por milicianos, como um desfile de *mardi-gras*. A Central de Polícia do Pará é o prédio mais infecto que já conheci. Jogaram-nos numa cela úmida e com abismais odores biológicos. Éramos mais de vinte homens num cubículo circular de pouco mais de dois metros de raio. Para dormir, tivemos que fazer por turnos. As mulheres foram levadas para uma sala do primeiro andar. Passávamos o dia inteiro sem água ou comida. Eu estava tão desesperado, sem saber a que atribuir nossa prisão, que dei um depoimento absurdo. Três horas de interrogatório não me esclareceram de nada. E rasgaram na minha cara a permissão para encenarmos *Aída*, que havíamos recebido do governador.

Diplomacia

O cônsul da França, M. Dupont, ameaçou romper relações diplomáticas com o Brasil se o delegado de polícia não permitisse falar com os franceses detidos. O delegado respondeu que cagava solenemente para a Terceira República Francesa. Eram ordens superiores.

Jornal da metrópole

O *Jornal do Brasil*, do Rio de Janeiro, anunciava que no Pará uma companhia de ópera de nacionalidade belga estava presa até que a prima-dona se entregasse ao chefe de polícia.

Medicina tropical

Galvez — E a Companhia se desfez?

Blangis — Ficamos vinte dias jogados na cadeia e restaram apenas as quatro meninas.

Galvez — Os outros desistiram?

Blangis — Poucos, o pior foi o mal tropical que levou a maioria desse mundo.

Galvez — Mal tropical?

Blangis — *La fièvre-jaune!* O médico da polícia disse que tínhamos contraído em Caiena. Para mim foi a falta de higiene, dormíamos entre fezes. É terrível!

Terceira República

M. Dupont conseguiu liberar os franceses, corrompendo o delegado de polícia com uma caixa de champanha. Sir Henry Lust, amante da arte, se comprometeu a transportar os sobreviventes até Manaus, onde tentariam vida nova. Robert, o maquinista, foi trabalhar na Companhia de Eletricidade do Pará.

Calderón de la Barca

Me ofereci para organizar uma zarzuella com os sobreviventes. Afinal, eu me sentia de certo modo culpado daquela situação. Entrava no mundo do teatro pela porta do remorso, a porta espanhola. Sir Henry aprovou a ideia e prometeu ajudar. Tinha relações em Manaus, era amigo do proprietário do Hotel Cassina, o luxuoso hotel dos aventureiros. Blangis batizou a nova Companhia com o nome de "Les Commediens Tropicales".

Programa de bordo

Organizei uma zarzuella com um quadro em homenagem à Guerra do Paraguai. Fazia sempre sucesso no Amazonas. Começamos os ensaios alternando com conferências científicas de Sir Henry. O vapor navegava na utopia.

Zarzuella

Havia a bordo uma pequena orquestra. O imediato tocava fagote, o taifeiro tocava violino, o cozinheiro tocava violoncelo, Blangis tocava concertina. Justine L'Amour começava com um monólogo de *As Preciosas Ridículas*, de Molière. Terminava com Blangis, a caráter de duque de Caxias, cantando uma copla de minha autoria sobre música de Rossini. Era tão patriótico.

Primeira Conferência

"Recusamos sistematicamente a ciência tradicional que teme a imaginação. Queremos uma ciência livre dos entraves do racionalismo judaico-cristão. O misterioso monumento *art-nouveau* que é o Teatro Amazonas, no Brasil, é um enorme conjunto arquitetônico preciosamente trabalhado, com mais de cem pés de comprimento e pesando milhares de libras. Foi levantado a novecentas milhas do oceano Atlântico e acima da linha do equador. No alto do monumento há uma intrigante cúpula dourada que coroa o monumento perdido na *jungle* tropical. Para deslocar apenas esta cúpula, teria sido necessário o esforço de quarenta mil homens. Para nós, este colossal trabalho megalítico tem sua chave nas lendas orais dos nativos, que falam sobre o poderoso 'mestre' Jurupari, dominador das mulheres e que teria vindo do espaço, mais precisamente, da Constelação da Plêiade. Considerando a impossibilidade técnica da civilização megalítica ter erigido tão complicado monumento no meio da selva, sobre um platô que lembra um porto para veículos do espaço, negamos aos arquitetos do látex, que também não possuem sofisticação tecnológica, o feito dessa realização. O fato de afirmarem que o Teatro Amazonas data de época recente é uma grosseira simplificação de ignorantes. Fizemos testes com resíduos no Instituto de Metafísica Nuclear de Adis-Abeba, que nos revelaram um período de pelo menos um milhão de anos, o que coloca o surgimento do monumento na era Glacial. Em visita ao monumento, há seis meses passados, notamos a existência de diversos corpos no interior do palco. Os corpos estavam mumificados. Mas não se trata de um monumento funerário, mas também não descartamos a hipótese de se tratar de um túmulo cultural. Sem temor, podemos afirmar que há poderes biocósmicos ainda por descobrir. O Teatro Amazonas é para nós o mais perfeito indício da presença de seres extraterrestres na Terra, ao lado das pirâmides do Egito e da megalópolis de Tiahuanaco. O que nos surpreende é a cuidadosa dissimulação de sua real finalidade, e o *art-nouveau* uma lição de civilização legada por Jurupari, o viajante das Plêiades, que um dia surgiu numa cúpula flamejante e emprenhou as mulheres nativas."

Molière

Justine estava divina naquele monólogo. Me confessou que fazia aquilo por solidariedade, pois se sentia rebaixada em interpretar teatro declamado. Era uma mulher corajosa. Ensaiávamos até uma hora da manhã e agora Joana, a pele morena e os olhos escuros, sobressaía mais sem a moldura do hábito. Estava mais próxima do mundo naquele vestido amarelo.

Cervantes

Andei pensando nos versos de *A Galateia* e no meu albergue fugitivo. Joana me disse que ainda sentia um pouco de vergonha em andar sem o hábito. Por isso cruzava os braços.

Ano-novo

Comemoramos a entrada de ano ancorados na cidade de Parintins, já no Estado do Amazonas. Havia um banco de areia logo à frente da cidade, onde as meninas se bronzeavam. Sir Henry organizou uma festa e recebemos a visita do prefeito de Parintins. Bebemos xerez e, à meia-noite, quando recebíamos 1899, Sir Henry bailou com Justine em honra da rainha.

Inspiração

Blangis mostrou na hora do almoço algumas habilidades de ilusionista. Limpou os bolsos de Sir Henry sem que este sentisse e tirou seis *pences* do nariz do garçom. Acrescentei o número à nossa zarzuella.

Segunda Conferência

"Encontramos rastros de descrições do Teatro Amazonas na epopeia de Gilgamesh, no *Livro dos Mortos* do Egito e nas *Centúrias* de Nostradamus. *No Popol-Vul*, livro sagrado dos Maias, o Deus da mediocridade, Tarzenclar, desce num artefato alado denominado THEANTLOKK AMARGZANOACAL, cuja cúpula de evoluções sulfurosas é brilhante como o ouro. O carro alado que levou o Profeta Ezequiel também nos lembrou o Teatro Amazonas. Nós estivemos pesquisando entre os camponeses de Altamira e colhemos uma lenda que denomina a representação da gruta como 'Égide del Amazonas'. Ora, a palavra grega 'égide', traduzida literalmente, significa 'nuvem': nuvem procelosa que permite viajar. De onde deduzimos racionalmente que a Égide del Amazonas é um artefato alado, um veículo para o voo cósmico usado por evoluídas criaturas em tempos remotos. Observando as chapas fotográficas do Teatro Amazonas, podemos notar as diversas composições da nave, seu gerador central que é a cúpula bizarra, os pilares de sustentação e as esculturas exóticas que lembram os seres extraterrestres. Quanto ao problema da coloração externa do monumento, temos observado uma gradual mudança através dos séculos. No princípio teria sido metálico e brilhante, conforme as crônicas dos viajantes espanhóis do século XVI. Frei Hernando de Linhares teria sido ofuscado pelo brilho do monumento. Mas com o passar do tempo a nave foi se resfriando e tornando-se rósea. Prevejo que esfriará finalmente para cinza burocrático. Agassiz, nosso amigo querido, nos confessou que a área era tabu em 1865; os nativos não permitiam que ninguém se aproximasse. Elisabeth, curiosa como sempre, furou o cerco e, correndo risco de vida, presenciou um estranho espetáculo: luzes brilhantes evoluíam em torno da cúpula numa noite escura. Elisabeth Agassiz não incluiu essa experiência no livro *Viagem ao Brasil*, temendo represálias dos céticos. Mas nos confessou que um nativo mostrara a boca de um túnel que ligaria o monumento ao mosteiro do Dalai Lama, no Tibet. Nunca conseguimos localizar este túnel, e enquanto não se empreender uma investigação, metro a metro, pelos meandros do Teatro Amazonas, não se poderá negar *a priori* a existência de uma cultura galática agindo em pleno trópico."

Prática científica

Justine L'Amour andava agora sem a máscara de personagem de tragédia de Racine. O tratamento de Sir Henry estava fazendo maravilhosos progressos na ex-prima-dona. Certamente andava experimentando algumas surpresas cósmicas no camarote de meu ilustre hospedeiro. Sir Henry era também sócio do conhecido Hell Fire Club.

Conclusão racional

Se não cremos numa nave pousada na selva, nem nas narrativas dos selvagens, sempre inclinados a lendas, não se pode deixar de admirar o herói Jurupari e seu carro de fogo, seduzindo virgens indígenas com uma técnica sexual misteriosa. Sir Henry havia coletado uma lenda que descrevia o órgão sexual de Jurupari como uma espécie de flauta mágica. Creio que o segredo erótico de Jurupari era do conhecimento de Sir Henry. Não se tira uma prima-dona da apatia sem um bom respaldo técnico.

Prospecção

Nossa viagem demorava porque em cada banco de pedras o vapor ancorava. Sir Henry desembarcava e examinava os desenhos gravados por mãos imemoriais. Em Itacoatiara, que quer dizer "pedra pintada", estivemos por três dias inteiros. Sir Henry fez uma vasta coleta de inscrições e ganhamos dos nativos algumas tartarugas e um pirarucu, peixe tipo salmão.

Mais provas

Sir Henry passou a noite sonhando com os desenhos de Itacoatiara. No sonho uma figura de homem completamente despido e feições nobres deixava-se acariciar por lindas mulheres da selva. A aparição lhe dizia numa voz de ejaculação que as inscrições nas pedras contavam profecias. Não me consta que Sir Henry tenha conseguido traduzir algum dia aqueles desenhos, mas me disse que tinha experimentado uma emissão noturna.

Bolo de aniversário

20 de fevereiro, meu segundo aniversário no Brasil. Estávamos viajando com Sir Henry desde dezembro. Comemoramos com taças de champanha e um bolo de chocolate reproduzindo o Teatro Amazonas. Obra do engenhoso cozinheiro de Sir Henry. E trocamos ideias sobre os mistérios do céu, uma especialidade de espanhol. Sir Henry, no meio da conversa, me perguntou se eu seria capaz de lavar a honra com sangue.

Tragédia portenha

1896 — lavei a honra com sangue em Buenos Aires, e à revelia. Eu tinha sido transferido para Buenos Aires e gostava da cidade, de sentir a sua tradição europeia e de seu clima tão britânico. Um dia, quando acompanhava uma corrida de cavalos no Jóquei, tive a atenção desviada para o brilho alvo e delicado do busto de Maria Isabel y Fierro, que saltava do decote com a impertinência das delícias intocadas, prometendo volúpias tão macias que tornavam o nome Fierro em manteiga derretida. Dom Ramon Lizando y Aragon y Fierro, pai de Isabel, não merecia ser o autor de semelhante obra-prima. Sonhava para Isabel um casamento que lhe permitisse aumentar o imenso feudo. "El Toro Loco", como era conhecido, fez saltar chispas de fogo quando descobriu que Isabel já não era mais donzela. Eu tinha feito a desonra entrar na casa dos Fierro e devia pagar.

Duelo em Ezeiza

Pablo, irmão de Isabel, me desafiou para um duelo, prática ilegal na Argentina, mas largamente usada entre os homens de sociedade. Abati Pablo com um tiro, entre árvores da floresta de Ezeiza. Olhando a mancha de sangue sobre a erva, pensei comigo, enquanto os padrinhos do morto carregavam o cadáver, que aquela era a segunda vez, em menos de um mês, que eu derramava sangue dos Fierro por motivos apaixonados. Fui demitido do corpo diplomático espanhol e recebi o convite de abandonar a Argentina em 48 horas.

Felicidade

Justine L'Amour andava tão feliz que decidiu incluir um número de can-can em nossa zarzuella. No outro dia estaríamos amanhecendo em Manaus. Joana estava nervosa e ao mesmo tempo ansiosa para chegar. Era de Manaus e lá moravam os seus pais. Foi Joana quem me disse que, para os amazonenses, o Teatro Amazonas estaria sempre de pé, como um símbolo.

Tradição

Na ilha de Marapatá os aventureiros costumavam deixar a própria consciência antes de se entregarem à caça. Fui o único aventureiro a entrar em Manaus com a consciência bem ativa. Nunca me arrependi.

3

Manaus, março/junho de 1899

"Não sendo a liberdade um fruto de todos os
climas, no Amazonas ela custa a medrar."

Luiz Galvez

Zarzuella

Não é ainda um fato bem sabido o quanto deva, mas de vera consistência, o delírio amazonense no apogeu da borracha. E se hoje ainda relegado se encontra ao folhetim e aos sonhos dos poetas, um dia sairá para as páginas da História brasileira e queira Deus não seja pelos dólares de um *brazilianist*, que aqui mesmo temos homens capazes da verdade, se assim for permitido.

Offenbach

Linha rósea de gordas carnes que me fazem sentir os quarenta anos que tenho. Brilham as meias de rendas negras e prateadas de Justine L'Amour. Luzes cintilam num simulacro de metrópole. As meninas dos Commediens Tropicales afastam-se para o fundo do pequeno palco. Blangis, de branca barba e galões dourados, ostenta uma espada entre anjos de *papier mâché*. Um solitário *pizzicato*, um violino e meu suspiro exagerado. A percussão sobe e estanca. Estamos eletrizados pela performance. Aplausos.

Cultura

Eu estou encostado na porta que leva aos camarins, bem no fundo do salão. Estou sorrindo e aderi aos aplausos. Era outra noite de lucro inesperado em nossa segunda semana de sucesso. *O Boato Teatral*, hebdomadário do *show-business* amazonense, classificara o nosso espetáculo como *"superbe"*. A orquestra sob a regência do intrépido maestro Chiquinho Gonzaga, o Chico Pinga-Pinga, pela incurável doença venérea, era no mínimo infernal com os seus quinze figurantes.

Box-office

Sir Henry seguiu viagem para São Gabriel da Cachoeira, ia assistir a uma cerimônia de Jurupari entre os Tukano, e assim prosseguia suas pesquisas no Amazonas. A zarzuella estava faturando duzentos contos de réis por semana. Nada parecia contentar mais Justine do que o seu saldo no London Bank.

Problema social

Estávamos há duas semanas em Manaus. O leitor já deve ter notado que esta é uma história linear. Meus amigos franceses haviam desembarcado no mais solene anonimato e mofaram uma manhã inteira no infecto porto de catraias da Matriz. Blangis conseguiu encontrar uma hospedaria com banho gelado e preço tão módico que garantia pelo menos quinze dias de teto e comida. Eu tinha tomado uma condução com Joana e deixara Justine sentada entre fardos e maletas (eles tinham salvado boa parte do guarda-roupa). As francesas suavam no meio dos ambulantes, marinheiros, cavalheiros em HJ, negros barbadianos e transeuntes com feições indígenas.

Temor de prima-dona

Justine temia que Blangis, de posse das economias, comprasse algum seringal em liquidação.

Prestígio palaciano

No Palácio do Governo, encontrei o jornalista Thaumaturgo Vaez. Falei da situação dos franceses e de nossa zarzuella. Falei, também, de minhas atribulações no Pará. Vaez era o homem em Manaus. Fomos ao Hotel Cassina e conversamos com o proprietário. A recomendação de Sir Henry pesou muito e logo os franceses estavam com a estreia marcada. Para depois da temporada do casal de bailarinos espanhóis.

Crédito

Fui ao London Bank e descobri que Cira havia me presenteado com mil e quinhentos contos de réis. Vaez me levou ao Old England, onde comprei algumas roupas. Uma camisa de linho custava cinquenta contos.

Alma andaluza

Os espanhóis do Hotel Cassina não tinham passaporte espanhol. Eram do Recife e estavam desagradando. Conchita (com um nome desse não podia ser de Espanha) não cedia aos convites indecorosos e Pablo (da Silva) sabia conter com os músculos os espectadores que se entusiasmavam com os promissores tornozelos da bailarina. O gosto da plateia do Hotel Cassina era bastante materialista.

Estética do gosto

No Amazonas, quando a plateia não simpatizava com um espetáculo, ou simpatizava em excesso, agia com muito calor. Blangis, sabendo disso, entrava em cena com meia garrafa de gim na cabeça. Dizia que era para contrabalançar o cheiro de patchuli e água de Lublin. Mas mantinha as meninas ignorantes dessas nuanças psicológicas do público.

Ordem

Na parede do Hotel Cassina, um sobressalto encantador: É PROIBIDO O USO DE REVÓLVERES, ARCOS E FLECHAS E ARMAS BRANCAS NESTE RECINTO. PORTARIA Nº 38 DO DELEGADO DA SEGURANÇA PÚBLICA.

Generosidade

Justine andava recebendo corbelhas de flores, bebidas caras e joias. Mas jurava que não concedera favor maior do que um beijo de amizade. Les Commediens Tropicales estavam hospedados no próprio Hotel Cassina.

Profissionalismo

A zarzuella era ensaiada diariamente. Eu nunca estava presente, saía pela manhã e só retornava ao hotel para o espetáculo. Meu amigo Thaumaturgo Vaez me colocava em contato com essa peculiar sociedade de milionários. Vaez era uma pessoa fascinante, envolvente. Naqueles poucos dias havia se insinuado em minha vida como um velho e confortável amigo. Insistia para que eu fosse morar em sua casa, verdadeira quinta no bairro da Cachoeirinha, com um pomar de deliciosas frutas tropicais. Vaez era redator do *Jornal do Comércio*, onde escrevia, entre outras coisas, a popularíssima seção de glosas rimadas, registrando com chistes e ironias os eventos mais palpitantes.

Imprensa

Sobre a zarzuella, Vaez escreveu:

*"Vindos da Gália na luz da arte,
Seduzi-me... pois sim; por que
negá-lo? São ninfas, são náiades
graciosas: por manha e beleza."*

Progresso

Há 35.000 utilidades para o uso da borracha, e, no entanto, segundo Henry Ford, ela ainda permanece na infância da indústria.

Os valores tradicionais

Os aplausos vinham todas as noites e as meninas trocavam de roupa, rapidamente, ávidas para voltarem ao salão e ao convívio de seus recentes amigos. Tangos e maxixes ao piano. Eu me sentava a uma mesa com Vaez, local sempre reservado e na proximidade de um ventilador. Veio uma noite o personagem mais controvertido de Manaus, o coronel Eduardo Ribeiro. Beijou respeitosamente a mão de todas as meninas e calou Vaez com um gesto de ordem.

Modéstia

Vaez — O coronel Eduardo Ribeiro é o principal responsável pelas belezas de nossa cidade. Seu governo já está na história. Ele transformou Manaus numa cidade civilizada.

Ribeiro — Deixe de prosa, Thaumaturgo. Vamos pedir uma bebida que é mais interessante... Manaus civilizada, só mesmo um poeta!

De relance

Ajeitei meu colarinho duro e vi Justine perfeitamente integrada naquele salão de charutos fortes e bebidas.

O boato teatral

"Ora vejam, senhores, pois não é que a *troupe* francesa que se apresenta no Hotel Cassina se transformou na coqueluche da cidade. Mesmo senhoras de respeito foram vistas disfarçadas e até um certo cônego lá se encontrava na terça-feira. Ouvimos até o surdo trovão do Olimpo estremecendo."

Inverno amazonense

Trinta graus. Manchas de água evaporavam das paredes como restos mortos de chuva. Eu olhava pela janela a rua movimentada, os bondes atravessando os paralelepípedos cor de vinho. Mulheres com chapéus extravagantes flanavam de braços com seus homens. A cidade coruscava de eletricidade. Prédios vitorianos ou manuelinos? Uma igreja inacabada e uma praia de lama fétida. Eu estava há um mês em Manaus. Sem problemas.

Metafísica

Abril de 1899. Recebi um insistente convite do major Freire, secretário do Tesouro Público, para uma sessão espiritista em sua mansão. Como imposição, devia levar Justine. O que acontecia nessas sessões era tão bem guardado que nos lares se comentava a meia voz e na ausência de crianças e senhoritas. Afinal, um pouco de ação.

Conan Doyle

Justine me acompanhou num deslumbrante decote. Ela bem que sabia ser agradável quando queria. Na casa de Freire um gramofone estalava "C'era una volta un principe", de Carlos Gomes. Cadeiras inglesas e pesadas cortinas prometiam emoções. Ele tentava unir Alan Kardec com o Kama

Sutra. O isolamento de Manaus levava o dinheiro a procurar a metafísica no outro extremo. O novo rico também necessita de espiritualidade. Convencido de que Manaus era a cidade mais isolada do Ocidente, procurava encontrar um mistério. Freire me confessou que temia a decadência e lembrou o mar espanhol de sacrifícios árabes.

Escola Berlitz

Freire — *Celá peut paraître drôle, mais moi j'ai besoin de civilisation.*

Galvez — *Vous avez reçu une très mauvaise éducation, mon cher Freire.*

Justine — *J'ai peur.*

Omar Kayan

Frases murmuradas e no espelho a fumaça do narguilé carinhosamente sorvido. As pessoas colocavam-se em poltronas e pufes de veludo. Eu sentia o cheiro doce do haxixe e os olhos brilhavam como folhas secas consumidas em fogo lento. Alguém disse para Justine que tinha os dedos entorpecidos. Era Eduardo Ribeiro, uma cigarrilha apagada nos lábios. Justine abriu a bolsa, puxou uma caixa de fósforos e feriu de luz a sala. Ribeiro deu uma baforada e agradeceu naquela atmosfera simpática de haxixe. Vi os dois se darem as mãos e caminharem para um sofá que atravessava a sala como um horizonte de couro.

O colecionador

Eu estava de pé e vi Ribeiro colocar o braço sobre os ombros de Justine. Ela sorria e permitia que ele explorasse aqueles seios tão exuberantes. Ribeiro tinha uma ereção evidente e, desabotoando o paletó, mostrou uma coleção de ligas de mulher costuradas no forro como decorações. Ele colecionava esses mitológicos objetos femininos e pedia uma dádiva de Justine.

Corredores

Resolvi fazer uma inspeção pela casa e notei que havia atividade em todas as dependências. A casa era mal escondida por um jardim, e eu atravessei os corredores de lívido esplendor, uma reunião de fantasmas, não fosse pelo gramofone na sala. Dois belos cães de caça arranhavam as passadeiras com as unhas afiadas. Ouvi uma voz me chamar, abri a porta e notei um vulto deitado numa cama, escondido pelo mosquiteiro. A voz era infantil e pediu que eu me aproximasse. Levantei o mosquiteiro e quase não podia ver a mulher que me chamava. Minha mão foi guiada para uma coxa de pele macia e senti o aroma de mulher.

Minha mão foi levada para uma úmida profusão de pelos e não trocamos palavras, a não ser nossa respiração. Eu estava realmente desajeitado, estava muito escuro e a mão dela agora desabotoava a minha calça. Aquela mão me friccionava e eu podia me mover com dificuldade. Uma campainha soou estridente e todas as luzes automaticamente acenderam na casa. Uma menina de no máximo doze anos umedecia os lábios e me olhava. Naquela terra a puberdade era precoce.

As Cruzadas

No Acre ninguém se preocupava com puberdades precoces naquele momento. Em "Nova Jerusalém", seringal de propriedade de Felismino Meira, cinco homens tinham sido amarrados no tronco e torturados até a morte. Motivo: tentativa de fuga e dívida alta no barracão central. Em Puerto Alonso, um grupo de brasileiros estava depondo o delegado boliviano no Acre, em nome do povo acreano e de todo o povo brasileiro. Poucos brasileiros sabiam onde ficava o Acre em 1899.

Lição de ideologia

Freire — *Voilà comme on apprend à tuer les seringueros.*
Galvez — *Manaos n'est qu'une ville romantique.*

Ballet Mystique

A sala agora estava fartamente iluminada e muitos criados serviam comidas. Interessante: naquela cidade ninguém parecia ter rosto, tinham roupas importadas, bijuterias. Uma mesa circular havia sido colocada no meio da sala e uma mulher já idosa, segurando um candelabro, apareceu com certa sensualidade envilecida. Freire me explicou que há muitas sessões vinham tentando materializar Victor Hugo, mas não pareciam ter sorte. Captavam índios, pretos-velhos, espíritos baixos que gritavam de horror e diziam obscenidades. Segundo Madame Vitrac, a pitonisa, havia um grande número de espíritos inferiores no éter tropical. Justine cochichou no meu ouvido pedindo para sair. Já era tarde e a rua estava deserta. Não encontramos transporte e descemos a Avenida Sete de Setembro.

Psicologia feminina

Justine — *Ils sont très aimables avec les femmes, les brésiliens...*

Galvez — *Je suis jaloux!*

Metrópole

A vida em Manaus era duas vezes mais cara que em Paris. O Teatro Amazonas, que Sir Henry insistia ser obra de extraterrestres, custara aos cofres do governo quatrocentas mil libras esterlinas. Um almoço num restaurante modesto não saía por menos de seis dólares. Ali havia o maior consumo *per capita* de diamantes do mundo. Os novos ricos adoravam quebrar recordes. Na casa do major Freire, um lingote de ouro servia de peso de papel.

Repouso do aventureiro

Acordei ao lado de Justine, uma paisagem agradável. O corpo revolvendo os lençóis. O barulho da rua era humilhante invadindo a penumbra do quarto. Minha preguiça logo se afastava dos músculos. Estar ali ao lado de Justine era mais do que um privilégio, para quem tinha sido abandonado no rio Amazonas. Era um merecido repouso.

Meu desejo

Eu esperava não mais que algumas boas surpresas noturnas. As cidades de fronteira sempre são pródigas de prazeres interessantes. Eu já me acostumara ao gosto pelo supérfluo que os senhores do látex cultivavam e aprendera a viver na monotonia.

Théâtre de Mérimée

Justine abria os olhos e me olhava com o espírito da época. Ela cultivava a vida noturna e a serenidade. Justine tinha aquele pendor para estar sempre por cima.

Sir Henry Progress

Meu nobre cientista britânico retornou do alto rio Negro entusiasmado. As cerimônias de Jurupari eram orgias desenfreadas que duravam dias. Henry me disse que Manaus também estava tomada por esse espírito dionisíaco e que possuía a maior parafernália erótica da América do Sul. Seus sonhos estavam também bastante conturbados e agora a figura permitia-se a práticas orais com seu séquito. Sir Henry estava dormindo cerca de doze horas por dia. Foi o único caso de adepto da poluição noturna que eu encontrei na vida.

Sincretismo

A presença inglesa em Manaus era tão forte que havia até fantasmas tradicionais. Num palacete, numa ponte de ferro, numa determinada hora da noite, com a precisão do meridiano de Greenwich, era possível deparar com o lívido espectro de uma mulher cega, os olhos vazados de vingança, ou a figura sangrenta de um homem em costumes do século XVIII. Sir Henry se sentia relativamente bem naquela cidade.

Mala postal

João Lúcio me escreveu de Paris, estava fazendo um tratamento nada sério. A França continuava agitada com o caso Dreyfus. O general Chanoine tencionava declarar a ditadura militar. Um direitista havia tentado um golpe de Estado de opereta e a Europa parecia imitar os trópicos. Cira estava com Alberto em Vichy. Dona Eudóxia, a pianista, tinha fugido do Pará com um ilusionista chinês.

História do Amazonas

Fui com o major Freire fazer compras num vapor da Booth Line. Freire queria escolher um chapéu panamá. Andava irritado com suas brotoejas, e foi atirando no rio os chapéus que não agradavam. Noventa chapéus desciam o rio Negro quando o major encontrou um panamá de bom feitio.

Tesouro da juventude

Havia três ruas alegres em Manaus com pensões de serviço francês. O expediente começava às quatro horas da tarde. Um encontro com uma polaca de treze anos, alegando virgindade, podia custar setenta libras, sem os refrescos. "Libertad" e seu *poodle* custavam até quinhentas, como nas canções dos soldados. Uma noite de prazer estava estipulada em mil e quinhentas libras. E se podia encontrar uma liga de nações: moscovitas, árabes, húngaras e as prensas de caldo de cana para prevenir inflamações.

As tardes tropicais

Vesti um HJ na goma e coloquei um "palheta". A rua ardia e havia um cheiro de frutas e cavalos suados. Americanos atravessavam as largas calçadas e mamelucos vendiam pules de loteria. Na Avenida do Palácio, pelas portas dos bares, as cadeiras espalhavam-se como esqueletos num deserto. Os toldos de lona não venciam o sol e os restaurantes pareciam estáticos no girar dos grandes ventiladores de teto. Sentei com Thaumaturgo e comecei a ler um exemplar do *Le Matin*. Thaumaturgo conservava um sotaque nordestino e lembrou da República de Platão. Me contou que um coronel de Manaus havia vencido o barão de Rothschild num leilão. Os portugueses não tinham conseguido criar uma civilização ali, pelo menos como no Rio de Janeiro. Thaumaturgo previu a falência do Banco da República. A luz brilhava no restaurante e neutralizava os ternos escuros, os vinhos tintos e gramofone de cilindro. Comemos o mesmo silêncio que girava inutilmente as palhetas dos ventiladores. Ficamos sentados naquele hálito e as ruas se esvaziaram. Manaus respeitava apenas a indolência do meio-dia, congelava de calor no encontro dos ponteiros, diminuía os movimentos num descanso de réptil. Depois, o sol se compadecia e permitia uma reanimação que agonizava pela noite.

As inclinações de um poeta

Thaumaturgo Vaez me levou a uma loja onde se presumia venderem fósforos. Duas mulheres morenas, ainda jovens, daquele tipo amazônico de mulher, baixas, a pele bronzeada não pelo sol mas pelo mormaço, troncos largos e pernas fortes, nos cobraram um preço exorbitante por uma caixa de fósforos.

Meus fósforos

Entrei numa outra dependência da loja e descobri uma alcova. Espelhos, duas poltronas de vime, uma cama de ferro e uma cortina de seda. Minha vendedora devia andar pelos dezessete anos. Sentou na cama, levantou a saia e começou a descer as meias, cruzando as pernas de tal maneira que me proporcionou uma visão completa. Livrou-se do vestido com a minha ajuda e nos encostamos. Me inseria facilmente no úmido interior e ela respondeu com suspiros. Sua pele queimava. Eu fiquei muito suado e me movimentava lentamente, empalmando os seios da mulher. Acho que gastamos muito tempo naquela atividade e notei que havia muitas moscas no quarto.

Pedagogia

As duas vendedoras de fósforos eram fruto do trabalho educador do major Freire. Tinham vindo originalmente como criadas, das terras dele no Juruá. Haviam começado a se interessar pelos favores de Vênus nas sessões espíritas. Freire, lendo um livro pornográfico inglês, encontrou a história das vendedoras de fósforos que se preocupavam em baixar o fogo dos homens. Ensinou as duas mulheres e financiou a loja. Era tão vitoriano o major Freire!

Amazonas pitoresco

Não entendam mal uma terra pela vida dissipada de um aventureiro. Em três meses de Amazonas minha experiência foi praticamente dominada pelos favores da boêmia noturna. Não há muitas opções numa cidade de vinte mil almas onde um ovo de galinha custa quinze mil-réis e assim mesmo há dinheiro para comprar ovos para as omeletes. E os ovos são importados. Numa cidade assim, é natural que o amor mercenário e a moral burguesa entrem em disputa, ambos saindo com arranhões maliciosos. Nenhum homem se contentava com a vida de família. Estavam no século XIX, mas padeciam de preconceitos do século XVI. Todos divididos e ávidos. O major Freire era casado com uma gentil senhora, neta de um governador do Estado. Conheci esta infeliz senhora numa recepção oficial. Era bonita, semialfabetizada e mal-informada, passava os dias encerrada em sua casa, bordando e lendo romances idiotas. Ela não sabia que era infeliz, pensava que tinha uma moléstia grave. O major Freire não permitia que ela saísse desacompanhada e devia fazer amor uma vez por ano. A prova é que estavam casados há oito anos e tinham sete filhos. E o major Freire era também o mais conhecido libertino de Manaus. O sexo obrigava o dinheiro a ser criativo.

O Século das Luzes

Sir Henry continuava sonhando com Jurupari e estava escrevendo um livro sobre suas viagens. O livro seria intitulado *FROM THE ORENOCO TO THE CABARÉ CHINELO* e relataria os aspectos de uma sociedade dominada por um extraterrestre libidinoso. A nave espacial de Jurupari, conforme um desenho encontrado numa pedra de São Gabriel da Cachoeira, era um imenso fálus ejaculando. Sir Henry me convidou para assumir uma função em sua sociedade de pesquisas. Eu teria um ordenado de diplomata e deveria voltar com ele para Londres, onde organizaríamos o vasto material coletado na região. Fiquei de pensar no assunto.

Vade-mécum do comportamento

Realmente todos prevaricam nesta cidade. Leio no *Jornal do Comércio* que o próprio diretor do Teatro Amazonas foi flagrado conspurcando a alcatifa do camarote oficial com uma corista da Companhia Giovanni Emanuele. Discutiam o problema da baixa natalidade em Paris. Sir Henry viu nisso uma prova capital para localizar os poderes biocósmicos do monumento. Me confessou que, tão logo penetra no recinto daquela casa, sente uma ereção.

Dinastia Ming

Thaumaturgo, que não perde uma novidade, me levou para conhecer um casal de chineses milagrosos que praticavam acupuntura e tiravam catarata dos olhos com alfinetes de crochê. A chinesa era dona Eudóxia, a pianista. Não me reconheceu e falou comigo pondo sotaque de Cantão. O chinês tinha pouco mais de um metro e meio. Foram expulsos da cidade pelos médicos. Estavam curando doença venérea por um preço sem concorrência.

O aventureiro está cansado

O mal do isolamento me contamina. Quando no porto não vejo um vapor disponível, sou tomado pela melancolia e temo não poder mais escapar desta prisão de selva. Mas não maldigo a selva, já que ela aqui une os homens sem que eles saibam. Cercados, os poderosos indulgem em sociedade. Manaus nunca seria uma cidade se não estivesse isolada. Tenho seriamente pensado na proposta de Sir Henry.

O eterno retorno

Naquele maio calorento apareceu Joana. O mesmo rubor abrasando a testa, as mãos nervosas que ainda me lembravam a freira problemática. Mas não havia mais as palavras macias trocadas num porão eclesiástico. Joana voltava transformada para o meio das coristas com as quais até se confundia. Era uma alegria tornar a ver a minha companheira de ambiguidade. Justine admirava o vestido bem cortado de Joana. Escapamos para a rua.

Promenade

Ela sorria como uma namorada de subúrbio, os cabelos lisos caindo pelos ombros, um chapéu de abas largas branco como o vestido que realçava a cintura. Havia muita lama na rua, sulcada pelas rodas dos carros. As calçadas pareciam cobertas por uma camada de alumínio em evaporação. Eu estava maldormido e meu cabelo revolto. Joana notou o meu cansaço e me ofereceu batatinhas fritas com mostarda. Ela estava ensinando numa escola pública e estava pensando conseguir um cargo de professora numa escola do interior do Estado. Perguntei a ela se viver em Manaus já não era suficiente e Joana me respondeu que ensinando no interior ela se sentiria mais útil.

Minueto ideológico

O que vou dizer não tem nada a ver com minha conversa com Joana. Subíamos a Avenida do Palácio e caminhávamos na calçada do Tribunal de Justiça, um prédio ao gosto do classicismo, mas de proporções reduzidas. Minha atenção foi despertada para uma estátua da Justiça, ao gosto do Diretório, sobre o frontispício do prédio. Ela não estava vendada e parecia ter os olhos bem abertos. Os comerciantes do látex sabiam que a Justiça não passava de uma licença poética do século XVIII. O Direito precisava saber onde pisar no Amazonas.

Órfãos da tempestade

Joana tinha vinte anos e estranhava muito a rápida transformação de Manaus. Quando era ainda criança, as ruas não possuíam calçamento, as casas eram na maioria de madeira e careciam de eletricidade, água e esgoto. Uma viagem até Belém durava invariavelmente três meses. Quando o pai de Joana chegou ali em 1865, vindo do Maranhão, não encontrou mais de cinco mil almas. Era um lugarejo triste e de poucas ruas e muita lama. Quando Joana completou quinze anos, seu pai ofereceu uma recepção para duzentos convidados e a cidade já estava com vinte mil almas.

Calvário revisitado

Joana deveria ser uma dessas adolescentes cheias de sensibilidade. Influenciada, entregou-se à proteção da Igreja Católica, onde planejava viver uma vida. Ela me disse que a religião era o único mundo forte e sem mudança que ela esperava. Seu temperamento necessitava também de muita disciplina. Caminhando em minha companhia, ela parecia ótima. Ela ainda se surpreendia com sua própria mudança e eu sabia do momento em que uma menina tinha escapado furtivamente e descobrira o mundo. Quando nos olhamos pela primeira vez eu soube que aquele era um desses segundos de vida em que uma pessoa se liberta. E alguns dias depois, ela tirava a roupa e me mostrava o corpo numa cerimônia planejada. Estávamos tão sós que nem ao menos posso me chamar de cúmplice.

Reclame

Sobre a parede, um cartaz: cura milagrosa do impaludismo, insônia, amarelão, neurastenia, suores, tremores, coceiras, doenças venéreas. Elixir de Giffoni, Milão. Vinte operários italianos da Tipografia Fênix, em greve, distribuíam manifestos anarquistas.

Razões de aventureiro

Joana andava entusiasmada e trocamos opiniões sobre o Acre. Era para o Acre que Joana tencionava se mudar, e a sorte daquele paraíso de endemias tropicais retornava para minha vida na conversa de Joana. E ela não se colocava na confortável área de apoio, andava trabalhando ativamente com os políticos, estava preparada para um dia tomar o gosto de uma revolução. Ensinar na região acreana era um ato revolucionário para a sua alma de missionária. Joana sabia o que representaria a presença americana naquele território. Era uma espécie de instinto de conservação, já que a ameaça mostrava que não haveria nenhum destino manifesto que assegurasse a eternidade dos coronéis da borracha, se os americanos dominassem o Acre. E ela me contou que o Governo do Amazonas, ciente do perigo, colocara à disposição dos interessados uma boa fortuna. Necessitavam apenas de um líder que organizasse o movimento e arcasse com a responsabilidade de envolver-se num caso internacional sério. Joana conhecia as minhas atribulações pelo Acre em Belém, me considerava na indefinida profissão de aventureiro, um homem, portanto, capaz de esquecer os perigos e aglutinar em torno de sua personalidade as aspirações dos comerciantes do látex. Ela tinha certeza de que o meu destino estava ligado ao Acre, embora naquele momento eu não tivesse essa veleidade. No fim da tarde, quando as estrelas do sul faiscavam no céu, ela me convidou para participar de uma reunião, ali mesmo no Hotel Cassina, com ilustres personagens do movimento. Um convite que me soou tão familiar que nem pensei em recusar.

Em nome da ciência

Jantei com Sir Henry, e Justine, incansável frequentadora do vapor do cientista, me contou que havia curiosas peças trazidas do alto do rio Negro. Depois do jantar, Sir Henry me ofereceu uma completa visita ao camarote onde estavam guardadas as preciosas relíquias. E relíquias o eram na realidade, pois o meu caro cientista guardava, em vidros de formol, cerca de vinte amostras de genitálias masculinas extraídas de índios do rio Vaupés.

Serão sobre as águas

Quando tentava entrar em contato com os tariana, Sir Henry sofreu uma emboscada e perdeu o controle dos nervos. Atirou a esmo e conseguiu abater os índios. Eram dois belos rapazes, e deixaram o cientista consternado, pois era criatura de paz. Tinham estatura por volta de um metro e sessenta, e, ao examinar os corpos, sua consternação se transformou em surpresa. Os dois jovens guerreiros possuíam as chamadas partes pudendas tão desenvolvidas que humilhavam qualquer mortal. Com as mãos trêmulas amputou as duas genitálias e guardou-as em frascos com espírito de vinho. "Fomos imediatamente atraídos pela conformação desproporcional daqueles engenhos", contava Sir Henry entre goles de vinho branco, "e vimos ali uma clara manifestação de poderes que escapavam à realidade comum. Sabíamos das flautas de Jurupari e logo aqueles membros nos confirmavam a origem libidinosa da intervenção extraterrestre." Sir Henry levantou um dos frascos, e um fálus, um tanto encolhido, flutuou no líquido com suas 12 polegadas. "No intuito de completarmos um exame detalhado, oferecemos aos mateiros que nos acompanhavam um prêmio de trinta libras por exemplar em perfeito estado. Recebemos todos esses e não posso me queixar da compreensão que aquela gente rude parece devotar à ciência."

Contratempos

Sir Henry se queixou que estava retido em Manaus devido justamente a essa curiosa coleção de peças. A alfândega amazonense havia se recusado a liberar a carga e pedira instruções da Capital Federal. Os funcionários tendiam a entender a coleção como uma espécie de usurpação dos brios nacionais. Naquela mesma semana uma carta do Ministério da Fazenda liberaria a coleção como objetos de uso pessoal. Uma gentileza do governo para facilitar o progresso da humanidade.

Descartes

Olhando aqueles frascos acondicionados em caixas de papelão e palha, deixei o vinho do porto descer suave. Descansei o copo de cristal sobre a mesá e vi meu futuro com Sir Henry. Eu não tinha nenhuma intenção de passar o resto da minha vida procurando indícios de homens do espaço entre selvagens. Nem comparando genitálias que tanto pareciam atrair a curiosidade de Justine. Sir Henry talvez representasse uma opção para a minha solvente situação financeira, mas nunca seria um caminho apreciável.

Eu estava ameaçado de pobreza e, naquele instante, distante do eixo do poder da província. Eu tinha mesmo evitado me envolver com a elite da terra, e meu único amigo ali, o poeta Vaez, era um boa-vida que me oferecia movimentados fins de semana e conversas espirituosas. Sir Henry tinha ensinado que a arquitetura do Teatro Amazonas era por demais complicada para permitir fugas apressadas.

Guia Michelin de Manaus

O Hotel Cassina não era um local ideal para se passar umas férias tranquilas. Segundo a publicidade, era o hotel mais movimentado da cristandade, um evidente exagero que ganhava veracidade no vaivém dos corredores. Não seria um hotel para o chamado repouso merecido, seus hóspedes suados queriam aplacar outras fadigas. Naquela tarde o restaurante do hotel parecia mais um refeitório militar que um local de inusitada diversão noturna. Por mais incrivelmente imundo e desorganizado que o restaurante fosse abandonado todas as madrugadas, uma equipe de criados, como zelosa comissão de socorro, recolocava tudo em ordem antes da hora do almoço. Não era um grande ambiente, mas a decoração tinha o seu bom gosto, se entendida em seu contexto. Papéis de parede com desenhos orientais, cortinas de seda verde e candelabros de parede com lâmpadas elétricas fartamente distribuídas nas antigas fontes de carbureto. Mesas redondas e cadeiras leves. Pelo lado esquerdo de quem subisse a escada, pois o restaurante ficava na sobreloja, avançava uma ribalta em veludo vermelho. Aquela tarde o restaurante jazia abandonado e limpo, as janelas fechadas e o mormaço dominando a penumbra. Eu entrei e vi cinco mesas arrumadas no meio do salão, como para um banquete. Uma das figuras que conversavam na meia-luz se dirigiu a mim na inconfundível voz feminina. Joana foi me apresentando a todos e conheci finalmente o governador do Amazonas, o lendário coronel Ramalho Júnior, homem finíssimo que presenteava os maestros com batutas de sólido ouro e as coristas com colares de pérolas legítimas.

Sensações do destino

Estavam presentes naquela reunião, além de Joana e o governador, o meu amigo Vaez, o major Freire, o deputado Mesquita, o coronel Epaminondas Valle e o comerciante e seringalista do Acre, bacharel Júlio Araújo. Em Manaus ninguém se intrigaria com a presença de tantas figuras reunidas numa tarde do Hotel Cassina. E aquela era o tipo da orgia que não deixava Joana constrangida. O Hotel Cassina ficava a poucos metros do Palácio do Governo.

Monocultura estrutural

Não vou enfadar os leitores com o assunto daquela reunião. Eu mesmo ouvia sem grande convicção aquela série de argumentos estimulantes. Era inútil tentar compreender o mundo do extrativismo pelas regras estabelecidas. Nem Aristóteles, nem Maquiavel; toda a minha ciência de clima temperado estava inutilizada pelos trinta graus do Amazonas. O *vaudeville* ao correr da vida não respeitava expectativas. Eles me olhavam curiosos onde mesmo um silêncio transparecia dos argumentos. Eles estavam ávidos, arrebatados pelos dotes de aventureiro e me observavam como se eu fosse capaz de atitudes mágicas. Eu, de minha parte, estava aborrecido. E via Joana com uma certa piedade. Mas o apoio do governador era decisivo: cinquenta mil libras esterlinas. O mal-entendido que começara num sótão do Pará e atravessara a socos uma estreia de ópera continuava a me desafiar como um jogo de cartas de incompetentes. E jogar com incompetentes, mesmo quando o prêmio são cinquenta mil libras, aborrecia. No momento em que o bacharel Júlio Araújo fazia um discurso elogiando o sacrifício dos pobres nordestinos que trabalhavam no Acre, interrompi e disse que aceitava. O coronel Ramalho Júnior aplaudiu e ordenou que os garçons trouxessem champanha.

Obrigações acreanas

Por cinquenta mil libras eu tinha de conquistar o Acre do domínio boliviano, declarar o território independente, formar um governo e tentar o reconhecimento internacional. Quando tudo estivesse resolvido, meu governo solicitaria a anexação ao Brasil. Minha nacionalidade afastaria qualquer suspeita de participação brasileira. Quanto à forma de governo, eles não se importavam.

República de Platão

Pensei numa ditadura porque todo homem sonha em realizar essa inclinação infantil de mandar sem limites. Pensei num Estado de Hobbes e vi que seria uma etapa muito avançada para os trópicos. Pensei numa utopia de Thomas Morus e logo imaginei que aquilo não seria interpretado como forma de governo. Decidi pela monarquia, que era pomposa, colorida e animada como uma festa folclórica.

Brinde revolucionário

Os garçons serviram e o coronel Ramalho Júnior levantou um brinde ao Acre independente. Olhei para Joana e havia um ar solene como se uma nação realmente estivesse nascendo. Aquele jogo de parceiros míopes não deixava de ter seus momentos solenes. Era isso que dava graça à vida.

Ricardo Coração de Borracha

Sir Henry me aconselhou sobre a monarquia. Eu deveria evitar o bonapartismo e os parlamentos com poderes de veto. Lamentou a falta de uma rainha-mãe tão necessária aos Estados jovens. E assim que meu país tivesse uma capital, Sir Henry viria inaugurar uma representação da Sociedade Metafísica. Uma forma de reconhecimento internacional. Sir Henry estava agitado e iria envolver-se num incidente lamentável, duas horas depois de nosso encontro. Em pleno High Life Bar, aos berros de impostor, ele desfecharia dois tiros contra o coronel Eduardo Ribeiro que se perderam a esmo sem vitimar ninguém. Então, quando a clientela se recuperou do choque e saía dos diversos refúgios, depararam com Sir Henry, que atravessava a rua com a calça aberta e as partes chamadas pudendas em exposição. Foi preso e depois libertado por ordens diretas do governador. Segundo testemunhas, Sir Henry podia competir em pé de igualdade com a sua coleção de genitálias indígenas. Razão pela qual imediatamente compreendi a assiduidade de Justine L'Amour, essa francesa insaciável.

Agenda

Organizar um Comitê Revolucionário para preparar as etapas do movimento.

Organizar um serviço de informações para coletar dados sobre a presença boliviana no Acre.

Organizar uma equipe de recrutamento de voluntários.

Organizar uma equipe de intendência e munições.

Alugar uma área para treinamento militar dos elementos recrutados.

Manobras

Maio. Um mês não é propriamente o tempo necessário para se preparar uma revolução. Mas quem há de afirmar que existe um tempo para se preparar uma revolução? Nomeei Marthe, Concetta e Marie para o serviço de informações. Thaumaturgo Vaez ofereceu o quintal de sua chácara para realizarmos os treinamentos militares.

Mensagem cifrada I

Os bolivianos concentravam no Acre um destacamento de milicianos, não mais de trinta praças, armados com fuzis que intimidavam mais do que ofereciam perigo. (Informações colhidas por Concetta na intimidade do vice-cônsul boliviano Loyasa.) Trinta praças índios, desdentados e descalços que brilhavam sempre nas desordens da zona de prostituição de Puerto Alonso. (Informações colhidas por Marthe no escritório do comerciante boliviano Perez de Amayo, entre juras de amor.)

Henrique VIII

Sir Henry deixou o Amazonas pelo vapor *Liverpool*. Os sonhos com Jurupari eram agora diários e altamente eróticos. Orgias cósmicas num cenário de eletricidade e primitivismo. Em certo sonho a figura mítica desvirginou duzentas virgens e Sir Henry despertou exausto.

Mensagem cifrada II

O calibre das armas bolivianas era desprezível. E falhavam sempre no calor da luta. (Informação colhida por Marie em pesquisa realizada junto ao comerciante boliviano Caballar, de 70 anos, um metro e sessenta e sete, sessenta quilos.)

O que fazer?

As condições da tropa inimiga nos estimulavam e a vida de Manaus garantia o imediato sucesso dos preparativos. Eu procurava acompanhar o otimismo reinante, se bem que a confiança irrestrita que haviam depositado em mim permanecia sem explicação. Eu estava sendo tratado como um velho e experimentado caudilho, dono de uma invencível perícia militar, o que me fazia encastelar numa humildade aparente frente àquela tropa ardorosa e desigual arregimentada por Vaez entre os próprios boêmios do Hotel Cassina. Observando aqueles meninos depravados, reunidos aos goles de cerveja no quintal de Vaez, a minha revolução, mesmo com inimigos tão miseráveis, não oferecia grandes esperanças. Mas as libras me arrebatavam. Eu estava preparando aquilo de modo que não oferecesse um risco maior do que uma viagem sem conforto. Faria algumas manifestações em Puerto Alonso para uma massa de basbaques. Era fazer da revolução uma pantomima de performance impecável. E minha experiência amazônica não me faltara, a verdade era esta, em grandes oportunidades de exercícios práticos. Eu podia me considerar um quase especialista em *fait-divers* coloniais. Posição que um bom espanhol não dispensaria sem aproveitá-la até as últimas consequências.

O meio ambiente

A média de temperatura no Acre é de 28 graus centígrados, sendo a umidade de 78%. Possui 72.580 milhas quadradas. Meu reino duas vezes maior que Portugal.

Manhã de sol e cerveja

Quando cheguei ao quintal de Vaez, diga-se de passagem, um gramado bem cuidado com frondosos abacateiros e cajueiros, fui recebido não por tradicionais continências, ou outra austera saudação militar digna de uma tropa revolucionária, mas por um alegre brinde de espumante chope. Meus expedicionários, já um tanto cambaleantes pelo contínuo exercício de esvaziar as canecas, falavam ruidosamente. A alegria reinante, frente às negras possibilidades, era um sinal de que por falta de entusiasmo minha revolução não seria derrotada. E o poeta Vaez, orgulhoso de seus maravilhosos revolucionários que lutavam, eis a verdade, como hussardos, contra a lei da gravidade da Terra, veio me informar da aptidão de cada voluntário. Eram estudantes eternos, vagabundos crônicos, poetas inéditos, ovelhas-negras de boas famílias, advogados chicanistas, todos irmanados pela incurável insônia que os obrigava a varar madrugadas o ano inteiro.

Balística

Se minha tropa fosse obrigada a usar arma de fogo, não saberia por qual extremidade do fuzil a bala iria sair. Um problema irrelevante para quem estava sempre alerta para detectar um uísque falso ou a safra de um vinho. Só o destino sabia o quanto essas aptidões etílicas seriam necessárias no futuro.

Oficial general

Galvez — Poderíamos conquistar o mundo se não morressem de cirrose hepática.

Vaez — São o que temos de melhor.

Galvez — Algum problema?

Vaez — Uma baixa. Zequinha Farias, o nosso pianista, morreu ontem na Santa Casa.

Galvez — *Causa mortis?*

Vaez — Sífilis!

Galvez — Mande colocar a bandeira a meio-pau!

Ordem de serviço I

Do: Comandante Galvez.
    Para: Intendente Chefe.
    Prezado Senhor, venho por meio desta ordenar um remanejamento em nossas compras. Queira diminuir a munição em quatro caixotes de balas e adicionar duas caixas de vinho e vinte dúzias de cerveja.
    Saudações Revolucionárias.
    Viva o Acre Independente.
    Galvez, Comandante em Chefe.

Ordem de serviço II

Do: Intendente Chefe.
    Para: Comandante Galvez.
    Prezado Senhor: Seguindo a vossa ordem, o remanejamento foi procedido. Tomamos a liberdade de sugerir que o Senhor Comandante autorize a compra de oito caixas de White Horse que se encontram em oferta no Armazém Guerra. Uma pechincha!
    Saudações Revolucionárias.
    Viva o Acre Independente.
    José Fernando, Intendente Chefe.

Ordem de serviço III

Do: Comandante Galvez.
    Para: Intendente Chefe.

Prezado Senhor: Sugestão autorizada, White Horse é um uísque fino e o preço compensador. Fomos informados de que os acreanos cheiram muito mal. Por isso, e no alto interesse revolucionário, ordenamos a compra de dois barris de Água de Lublin. Povo cheiroso é povo civilizado.
Saudações Revolucionárias.
Viva o Acre Independente.
Galvez, Comandante em Chefe.

Os prodígios da monocultura

Eu estava dormindo em meu quarto, no Hotel Cassina, quando Blangis veio me acordar com a notícia de que uma comitiva internacional acabara de se hospedar. Os bolivianos, em número de cinco, vinham acompanhados de outros tantos funcionários brasileiros do Ministério das Relações Exteriores. Luiz Trucco e Michael Kennedy acompanhavam como observadores. Estavam a caminho de Puerto Alonso, onde decidiriam para sempre a sorte do Acre. Os funcionários, tanto os bolivianos, quanto os brasileiros, eram senhores idosos, viajados, de conversa solerte e gestos estudados. Tinham chegado num moderno paquete italiano, quase sem bagagens, guiados cerimoniosamente pela bengala famosa do velho Trucco. O cônsul boliviano, em alvo HJ no sol da manhã, não participava da informalidade dos funcionários. Eu podia dizer que ele estava realmente furioso com a recepção do governo amazonense, que enviara um funcionário subalterno da Secretaria de Justiça. A aparente indiferença do governo era uma maneira de manifestar o desagrado do coronel Ramalho Júnior, e Trucco começava a se colocar de sobreaviso contra qualquer golpe. Tinham sido conduzidos ao Hotel Cassina, onde nem reservas haviam feito. Já instalados, os funcionários estavam naquele momento repotreados (linda palavra *art-nouveau*) nas poltronas do saguão, indiferentes ao movimento da cidade. Eu esperava que a comitiva procurasse o Grande Hotel, recém-inaugurado em frente ao Magazin Louvre e que trazia a fama de tranquilidade. Os agentes do governo amazonense sabiam que Trucco e Kennedy estariam em Manaus, acompanhando a comitiva de demarcação. Tinham-me avisado e colocado alguns membros da Polícia no próprio Grande Hotel, onde o Governo havia reservado quartos para aquelas autoridades. Era aquele hotel o mais indicado para aqueles que necessitavam pautar pela austeridade na vida pública. O local ideal para tão notável comitiva. Ainda hoje não consigo explicar o motivo de terem mudado de ideia e se instalado no alegre Hotel Cassina. O jornal governista *Comércio do Amazonas*, noticiando o fato, deixou no ar algumas suspeitas quanto à moral dos funcionários, o que deixou Trucco ainda mais irritado.

Théâtre de Beaumarchais I

Enquanto a comitiva se encontrava no saguão, decidi investigar pessoalmente. Ordenei que minhas agentes Marthe, Marie e Concetta procurassem informações na fonte. Justine L'Amour decidiu trabalhar por conta própria e também acompanhou minhas agentes que imediatamente invadiram o saguão do hotel, para o contentamento dos funcionários. Entrei no quarto onde estava hospedado Luiz Trucco e roubei uma coleção de mapas. No quarto de Kennedy não encontrei absolutamente nada, estava intocado e mesmo a cama continuava sem lençóis e colcha.

Cartografia

Os mapas de Trucco eram imprestáveis e podiam ser encontrados em qualquer papelaria.

Théâtre de Beaumarchais II

No saguão Justine L'Amour desfiava o seu extenso martírio. Michael Kennedy se interessava pelos efeitos da febre amarela que dizimara parte da Companhia de Óperas. Trucco se comovia com o infortúnio da atriz. Minhas agentes faziam progressos. Eu precisava sair imediatamente do hotel, sem despertar suspeitas. Passaria a morar na casa de Vaez, onde poderia comandar todas as operações em segurança. Minha saída do Hotel Cassina foi uma obra-prima de pantomima, coadjuvada pelo maestro Blangis.

Guerra psicológica

A conversa esfriou quando um cadáver, coberto por um lençol, atravessou rumo à porta do Hotel Cassina, carregado numa padiola, por dois enfermeiros da Santa Casa. Todos se levantaram e tiraram o chapéu, numa última saudação ao inditoso hóspede. Seguindo a padiola, examinando cuidadosamente os dois carregadores que levavam a bagagem do extinto, ia Blangis inconsolável. Vendo que o corpo era pesado, o próprio Trucco auxiliou os enfermeiros a colocarem o defunto na ambulância. Blangis explicava ao americano que o finado tinha sido vítima de um pertinaz beribéri. Havia tremido durante anos, sempre rindo, sempre se divertindo, e parecia ter forças para tremer ainda por muito tempo. Kennedy queria saber onde a vítima tinha contraído a moléstia, Blangis respondeu que era um comerciante no Acre, onde grassava o mal. Kennedy ficou visivelmente perturbado.

Orgulho e preconceito

Michael Kennedy tinha um pavor irracional de contrair uma dessas terríveis moléstias tropicais. Pavor que chegava ao exagero de, mesmo em Belém, isolar-se totalmente. Por esse costume arredio, era alvo de mexericos indecentes e insinuações maliciosas. Se comparecia a uma recepção, não provava do vinho nem da comida. Um criado negro, da Louisiana, acompanhava-o em qualquer missão fora de Belém, cuidando de sua comida. Todos os seus objetos de consumo vinham dos Estados Unidos, incluindo a água com que tomava banho. A ninguém era permitido entrar em seu quarto e tudo era minuciosamente desinfetado com álcool. Kennedy não gostava de apertar a mão de ninguém, notava nos trópicos algo de corrupto, confirmado pelas levas de emigrantes nordestinos e mesmo pelo povo com cara de índio e pele macilenta.

Family Life

Mr. Kennedy permanecia no Brasil para não decepcionar sua mãe, viúva desde cedo. O pai morrera no Texas, tentando criar um império de gado. Tombara furado de balas num malsucedido assalto a um trem mexicano. Mrs. Kennedy, mulher de fibra, tornou-se modista em Chicago, sacrificando-se para manter o jovem Michael em Harvard, de onde sairia advogado e funcionário do Departamento de Estado. Mrs. Kennedy tomara-se de pavor pelas doenças dessas regiões corruptas abaixo do Rio Grande, desde que vira o marido atacado pela malária contraída na Guatemala, onde estivera como gerente da Caribean Fruit Inc. Michael tinha doze anos quando o pai se internou no hospital, ardendo de febre e tremendo de frio.

Julgamento latino

Trucco viu quando Michael Kennedy, as mãos trêmulas e o rosto suado, procurou se afastar para um canto, sentando-se pensativo numa poltrona. Ele sabia da fraqueza do americano, gostava de Michael como se gosta de um menino bobo, rico e com poderes. Irritava-se apenas quando o americano recusava seus convites para jantar. Afinal, em toda a sua existência de homem tropical, nunca tinha contraído um leve resfriado, descontando a catapora dos nove anos e a gonorreia dos dezessete.

Grand Guiñol

A ambulância tomou o caminho da Cachoeirinha trepidando pela estrada de ferro. Eu ressuscitei às gargalhadas, e as sacudidas da ambulância transformaram o riso em convulsões. Os enfermeiros persignaram-se e foram verificar o que se passava. Pararam a ambulância e me encontraram bem vivo sentado na maca. O pavor foi tão grande que tive de pagar uma gorjeta de dois mil réis para que se mantivessem de bico calado. Cheguei à casa de Vaez na boleia, dirigindo os cavalos, já que os enfermeiros ainda me olhavam desconfiados, tanto pelo susto quanto pela gorjeta.

Carga da brigada ligeira

Ao som do *ragtime* trazido por um gramofone à sombra de um abacateiro, minha tropa fazia ginástica.

Ordem de serviço extraordinária

Do: Comandante Galvez.
Para: Intendente Chefe.

Prezado Senhor: Comunicamos que o Estado-Maior, em reunião de CFG.H5467, decidiu condenar a compra de cerveja da marca Heinekker, de origem teutônica, por se apresentar num sabor suspeito. O Estado-Maior deliberou ordenar a compra de cerveja, apenas nas seguintes marcas: Munich, São Gonçalo e Pérola. O Estado-Maior, outrossim, decidiu aumentar a cota de champanha e uma caixa de xerez para uso exclusivo do Comandante em Chefe.

Saudações Revolucionárias.

Viva o Acre Independente.

Galvez, Comandante em Chefe.

Despacho

O Comandante em Chefe da Revolução Acreana, usando de suas atribuições legais, resolve:

1) Outorgar a patente de General-de-Brigada ao cidadão Thaumaturgo Vaez, com soldo mensal de 2.000$00.

2) Outorgar a patente de Coronel ao cidadão François Blangis, com o soldo mensal de 1.500$00.

3) Outorgar a patente de Major ao cidadão José Fernando, com o soldo mensal de 1.000$00.

4) Convocar para a ativa do Exército Revolucionário, no Serviço de Inteligência, as cidadãs Marthe Renoud, Concetta Cezari, Marie Anelli e Justine L'Amour, com o soldo mensal de 800$00, mais ajuda de custo e representações.

Viva a Revolução.
Viva o Acre Independente.
Luiz Galvez Rodrigues de Aria.
Comandante em Chefe da Revolução Acreana.

Cordiais saudações

Os abaixo assinados, ativistas da Revolução Acreana e membros do Exército Revolucionário, em assembleia geral e por unanimidade, decidiram aclamar o Dr. Luiz Galvez Rodrigues de Aria como MARECHAL-DE-CAMPO e Líder, no que pelo presente suplicam que assim seja.

Viva a Revolução.
Viva o Acre Independente.
Seguem trinta e seis assinaturas.

Preito de gratidão

Ordem do Dia.

Meus camaradas: Vossa atitude me sensibilizou profundamente e mostrou-me o quanto de ideal existe em nossa luta sublime. Vossa súplica é uma ordem, fiéis camaradas. É uma prova da bravura que todos saberão demonstrar na hora da luta. Em reconhecimento pela homenagem que tão injustamente me dispensaram, como Comandante em Chefe, Líder e Marechal de Campo, achei por bem dobrar o soldo de todos os camaradas e dar três dias de licença.

Viva a Revolução.

Viva o Acre Independente.

Luiz Galvez Rodrigues de Aria.

Marechal de Campo.

Casualidades

Do: Médico Militar.

Para: Marechal de Campo.

Senhor: Cumpre-me comunicar a baixa do praça Jesuíno da Consolação, vitimado por um profundo golpe abdominal, atingindo a *linea alba umbilicus*, seccionando o *intestinum tenue* e provocando fatal hemorragia. Arma do incidente: faca. Local: Pensão do Volga.

Viva a Revolução.

Viva o Acre Independente.

Dr. Amarante Nobre de Castro.

Médico de campanha

Dr. Nobre, o médico que Vaez recrutou para a minha revolução. Trinta anos de prática, curava malária com raízes e era o mais famoso fazedor de anjos de Manaus. Conhecia um segredo para acabar com a ressaca.

Os pilares da História

O governador Ramalho Júnior me ofereceu tocante homenagem, um dia antes de embarcarmos para o Acre. Durante um jantar no Palácio do Governo, perguntou-me qual o desejo pessoal que gostaria ver concretizado. Respondi-lhe que gostaria de comprar a casa que pertencera a meu pai, em Cádiz, naquela época em poder de um jesuíta. Ramalho Júnior mandou comprar a casa e me ofereceu de presente.

Aventura no Solimões

O governador amazonense fretou o gaiola *Esperança* e colocou à disposição da comitiva de Trucco, que logo viu neste gesto um sinal de tardia gentileza. O governador não tinha recebido nem Trucco, nem Kennedy em audiência, escondendo também as verdadeiras intenções ao ofertar o transporte. É que no *Esperança*, acobertado pelos Commediens Tropicales e pelos alcoólatras de Vaez, eu prosseguia no papel do seringalista acreano morto. O caixão de cedro, guardado num camarote, era o único detalhe que desagradara o comandante do gaiola, que somente havia permitido subir para bordo, carregado por trôpegos cavalheiros, depois de muitos argumentos e um acréscimo de 1.000$00 no frete. A irritação do comandante ganhou um aliado em Kennedy, que, preocupado com a *causa mortis*, tentou embargar o caixão. Mas o governador já havia avisado Luiz Trucco, dando ao morto a condição de amigo de infância a quem devia favores. Foi com muito custo que Trucco impediu Kennedy de retornar a Belém. O americano tinha-se plantado no meio da prancha, enquanto eu morria de medo que os meus praças me deixassem cair na água. Trucco, irritado com as minúcias sanitárias de Kennedy, pedia ardentemente que o próximo cônsul americano fosse menos hipocondríaco.

Transporte revolucionário

O gaiola *Esperança*, de cento e cinquenta pés, era um daqueles ciganos dos rios, sem rota fixa, a pintura desgastada, tripulação incerta e sem nítida diferença entre a primeira e a terceira classe. Quase sem casco, na linha d'água, podia chegar a qualquer furo mesmo na baixa, desde que o carregamento de borracha ou castanha compensasse. Soares, o comandante, orgulhava-se de nunca ter encalhado, era um especialista em manobras rápidas, saindo de popa nos repiquetes. A grande roda traseira girava com grande barulho, abandonando Manaus naquela fria noite de junho. Tinha destino fretado, Puerto Alonso, Acre. Os passageiros, todos distintos, algumas francesas e um americano nervoso e esquisito que não saía do camarote com medo da malária, um defunto embalsamado para descer à sepultura em terras acreanas. Na carga, animais de abate, os figurinos das artistas francesas e muita bebida. A viagem parecia calma e Soares estava orgulhoso. Tinha sido escolhido pelo próprio governador que mandara emissários contratá-lo no café Gaivota, aumentando-lhe o prestígio. Afinal, era ele um dos poucos que sabiam navegar pelo rio Acre, ainda quase desconhecido.

Livro de bordo

A viagem começou a ficar mais agradável quando as meninas, em vestidos farfalhantes, dominadas por Justine, foram para o convés do *Esperança*. Trucco estava tão absorvido em atender o americano que de início não viu que as francesas estavam a bordo. Ele notou apenas o vulto de seda verde de Justine subindo a escada para a primeira classe e não pôde saber quem era a dona do belo corpo. Pensou que fosse a viúva do defunto que tanto temor provocava no americano. E se Michael não queria ser contaminado, Trucco bem que arriscaria um beribéri se fosse para consolar a bela viúva naquelas semanas de luto até Puerto Alonso.

Da arte e do progresso

O caixão era sufocante e posso dizer que foram aqueles os piores momentos que passei durante a revolução. Consegui sobreviver ao calor e aos sacolejos e fui levado para o camarote. Pulei para fora do caixão com as roupas molhadas de suor e vi as luzes de Manaus se afastarem. Horas depois entrávamos no rio Solimões, cujas águas começavam a baixar depois de uma cheia majestosa. Infelizmente minha viagem estaria restrita àquele camarote sem beliches e com cadeira de vime, por motivos táticos. Trucco descobriu as francesas durante o jantar e chegou à conclusão que não existiam viúvas a bordo. Eram todas mulheres que não corriam o risco de uma viuvez, mesmo Joana, a nova professora de Puerto Alonso, moça de tímidos modos e tão irritadiça que Trucco julgou estar necessitada de homem. Mas não era só da atenção masculina que Joana precisava; ela andava irritada com o andamento da revolução e a todo momento vinha se trancar no meu camarote, puxando discussões políticas que tinham a virtude de me deixar também irritado e sem condições de oferecer algum carinho para ela. Vendo as francesas tagarelando no convés, Trucco desanuviou-se. Afinal, se alguns artistas, mesmo de uma *troupe* de insanos, se dispunham a fazer espetáculos no Acre, era sinal de que havia algum progresso naquelas terras até bem pouco povoadas de mosquitos insaciáveis.

Sobre as maneiras da mesa

Tudo estava pelo melhor, como bem diria o prof. Pangloss. Vaez era o jornalista credenciado pelo *Jornal do Comércio* para cobrir os acontecimentos. Eu me comportava mais como um prisioneiro do que como um defunto. Meu camarote era um forno, apenas tornado suportável pela presença de Justine. Quanto a Joana, tinha-se transformado numa figura assexuada que só pensava em política. Ninguém suspeitaria que ali viajavam revolucionários. Um só detalhe nos denunciava. Todos os dias um prato a mais de comida era consumido. O que levou o comandante a suspeitar de um clandestino. Mas a viagem era fretada e nada foi feito para apurar o mistério. Eu me enfadava com as caldeiradas de tucunaré e me divertia em contar as notas de mil-réis que eram guardadas no meu caixão. O americano me imitava e nunca saía do seu camarote, sendo tratado pelo criado negro.

Sobre as maneiras do convés

Justine L'Amour não escondia a felicidade. Ela me confessou que tinha grandes expectativas para o Acre. Se em Manaus, apenas com os meus contatos, tinha acumulado tanto dinheiro, o que poderia esperar de um país onde seria artista oficial? Justine era fascinada pelo poder. Ela improvisava, com suas companheiras, números musicais e favorecia os desejos dos funcionários. O liberalismo das francesas, colocadas como por acaso no mesmo barco, era o único dado que Trucco podia computar à sagacidade política do governador do Amazonas. Mas não podia se queixar; não havia inconveniente nas alegres diversões de convés e camarote. Um funcionário casto ou extenuado não faria diferença na hora da decisão. Trucco passava o dia lendo um livro de Anatole France, vigiando o movimento e assentindo com um sorriso paternal o entusiasmo dos funcionários. Folheava o livro, lia páginas esparsas e até chegava a acreditar que seus temores iniciais tinham sido infundados. Nesses momentos, lembrava irritado de Kennedy isolado no camarote, com suas garrafas de água mineral, sua comida enlatada e seus preservativos nauseantes.

Sobre as maneiras nos camarotes

Vaez me ajudava naquela provação, organizando animadas partidas de cartas que entravam pela madrugada. O *Esperança* navegava galhardamente subindo o grande rio. E pelos camarotes a atividade não era menor. Ria-se, coqueteavam as francesas, e o comandante Soares fazia suas refeições numa mesa com Trucco, Justine, Vaez e Blangis. Soares tinha descoberto em Blangis um ouvinte ideal para as suas aventuras pela região, sempre condimentadas pela imaginação. Blangis aceitava tudo na mais perfeita candura e até considerava Soares uma espécie de herói esquecido.

Sorriso da madrugada fria

Às primeiras horas da manhã, quando o dia estava prestes a começar e havia no gaiola não mais do que uma pequena movimentação de tripulantes, saía Kennedy do camarote, conduzido pelo criado. Passeava ainda na escuridão e sonhava com o momento de retornar a Belém, onde pediria demissão. Voltaria para Chicago e para a sua casa de subúrbio com azáleas, sem malária. Estava decidido a pedir a mão de Constance Benedict, sua namorada de juventude e que estava agora com trinta e dois anos, ainda à sua espera. Michael sabia que Constance o esperaria toda a vida, mas não estava disposto a exigir dela este sacrifício. E reencontraria a casa de Belle Rose, a vagabunda espirituosa que lhe dava bombons e lhe falava de Abilene e de seus pistoleiros sujos de poeira e fedendo a merda de vaca. Isso quando ele ainda estava no *high-school*, antes de Harvard. Mas Belle Rose ainda estava por lá, tinha que estar.

Sexual Life Beyond Equator

Michael Kennedy ardia de nostalgia e planos para o futuro quando notou luz no camarote do defunto. Sem maior interesse que uma leve morbidez, ele se dirigiu ao camarote e observou pelas frestas da veneziana da porta. Viu um quadro espantoso: Justine, nua, estava sentada sobre o corpo do defunto numa irrefugável prova de que os franceses exageravam a licenciosidade. Um mal muito latino, na verdade. Ele bem que andara lendo nos jornais de Belém sonetos que evocavam intercursos com cadáveres e que falavam em êxtases de além-túmulo. Afastou-se estarrecido com a visão do esplêndido corpo de Justine desfrutando de um defunto em lascivo *rigor mortis*. Daí em diante, Kennedy passaria dias terríveis, acreditando-se vítima de um delírio, de algum sintoma pouco difundido de alguma moléstia tropical. Ele via Justine passar pelo seu camarote e tinha vontade de confirmar a dúvida terrível. Continha-se nas doses de quinino e procurava esquecer o macabro cavalgar da bela corista sobre um corpo mumificado, sabia lá com que implementos. E evitou sair para as caminhadas matutinas.

Chuva, suor e mormaço

28 de junho. Nossa viagem está quase no fim e Trucco ainda não leu o livro de Anatole France. Blangis andava impressionado com uma aventura do capitão Soares que falava de uma tribo de índios que colecionavam cabeças no Acre. Conseguimos beber oito caixas de uísque. O século XIX se esgota para a minha tristeza.

Versalhes sobre a selva

Chovia forte. As rotas do trapiche do seringal Versalhes, molhadas e escorregadias, balançavam no banzeiro, fazendo coro com o rangido de ferro do *Esperança*. Alguns nativos carregavam nossa bagagem, que era numerosa, para uma elevação, chapinhando no barro mole. O proprietário, coronel Pedro Paixão, não estava na sede, estava sendo esperado para o fim da tarde. Lobato, o guarda-livros, sorria molhado, fazendo a recepção dos hóspedes. Vaez ajudava as meninas a desembarcarem e eu fui descido sob o olhar do comandante Soares, que parecia pedir descanso para a minha alma. Trucco foi avisar ao americano que não havia mais razão para permanecer trancado e ouviu uma voz responder que estava tudo bem.

Miss Rose and Miss Constance

Michael não estava nada bem e não sairia do camarote por vontade própria. A visão de Justine, aquele corpo branco e a prática vergonhosa, o deixava excitado. E isso o envergonhava. Ele via o rosto de Constance gemer de prazer e a própria mãe indignada pela impertinência de suas fantasias. Kennedy estava se deteriorando no camarote.

A Selva Selvaggia

Caminhamos meia hora pelo encharcado e bolorento castanhal até avistarmos o barracão central do Versalhes. Estava numa clareira bem cuidada. Um grande sobrado de madeira e taipa. A varanda circundava toda a construção, com um farto número de redes. Olhando da varanda em direção do rio, eu vi o *Esperança* desatracar e rumar para Puerto Alonso, a duas horas daquela localidade. Eu caminhava pela casa espaçosa, mas sem acomodações suficientes para todos nós. As casas amazônicas eram mal divididas e nos seringais as visitas eram raros acontecimentos. Lobato reservou um quarto para nossas mulheres e nós dormíamos na varanda.

Economia regional

O barracão central era um verdadeiro exemplo de arquitetura colonial. No sobrado, as acomodações senhoriais, no térreo, o armazém e os depósitos abarrotados de borracha, couros, castanha-do-pará, piaçava e caucho. A moradia do coronel estava dividida em uma sala de jantar, um escritório, um quarto para o guarda-livros, uma alcova e uma dependência sem uso e destinada aos hóspedes. Esta última sala serviu de quarto para as meninas. Os empregados da casa, capatazes e fiscais, moravam em pequenas taperas, de madeira e palha, logo atrás do barracão, formando uma espécie de povoado medieval em volta de uma praça que tinha também o nome de Versalhes.

Os giros da História

Thaumaturgo Vaez já tinha levantado mais de dez brindes em homenagem à coincidência. Aquele matagal cortado de caminhos e rodeado de choças cambaleantes lhe parecia um bom presságio. Versalhes, a praça histórica da Revolução Francesa, seria o nosso ponto de partida. Dei motivos para mais alguns brindes, anunciando que tomaríamos Puerto Alonso no dia 14 de julho.

Hospitalidade acreana

O coronel Pedro Paixão e sua comitiva de capangas retornou no fim chuvoso da tarde. Viajava num cavalo que parecia prestes a dissolver-se no temporal. Os capangas se dispersaram pela Praça Versalhes e veio apenas o coronel, dona Vitória, a esposa, e um rapaz que prestava serviços domésticos, em nossa direção. O coronel estava cansado e seus sessenta anos não mais resistiam como antigamente. Uma viagem a cavalo pela selva era algo estafante e próprio para idades mais juvenis. Paixão abraçou Vaez, de quem era amigo particular e companheiro de farras em Manaus. Me apertou vigorosamente a mão e me disse que era um grande conforto receber visitas naquele lugar isolado.

Cultura popular brasileira

O jantar foi servido cedo, na grande mesa de jacarandá. Na cabeceira, o coronel fazia notar a sua presença gorda, morena e de voz potente. Ele mimava as francesas com um cardápio típico e bem temperado, servido com seus nomes exóticos em civilizadíssima porcelana italiana. Dona Vitória controlava a mesa, procurando mostrar complacência aos convidados mais próximos. Na verdade, não simpatizava com nenhum de nós, intrusos citadinos, e muito menos com as francesas. Era uma mulher baixa, morena, forte, os dentes brancos e perfeitos, a mais discreta senhora do Acre em seus cinquenta anos. Católica devotada, todos os domingos reunia as mulheres em romaria até Puerto Alonso, onde assistia à missa das oito horas. Dona Vitória estava no seringal como num refúgio dos vícios de Manaus. Sentia-se feliz naquele casarão do Versalhes, à margem do rio em que nascera e na lentidão do tempo em que aprendera a tolerar todos os famosos excessos de Paixão. Em Manaus havia o confortável palacete da Rua do Barroso, ocupado pelos dois filhos irreverentes que ela não mais compreendia.

Cultura popular revisitada

Minha tropa iria ocupar o seringal Versalhes por duas semanas, era o tempo que tínhamos para convencer o coronel Paixão a apoiar a revolução. As bebidas de nossa intendência caíram no agrado do coronel. Thaumaturgo fazia extensos relatórios contendo as últimas novidades de Manaus e o coronel admirava-se da coragem das francesas engajadas num movimento incerto. Havia dias de sol e outros de chuva. Naquelas noites de forte aguaceiro, o zinco do telhado percutia como teclas e os lampiões de querosene amarelavam a sala. Dona Vitória, sempre arredia, defendia a todo custo a sua invadida tranquilidade.

A origem da rebelião nos trópicos

Reuníamos o Estado-Maior na varanda. Dona Vitória abandonava discretamente o nosso convívio e perdia-se na cozinha. Eu e Vaez procurávamos expor os nossos planos e tentávamos conquistar a adesão de Paixão. Eu sabia que o caminho para a queda de Puerto Alonso passava por Versalhes. Pedro Paixão era um líder natural, não somente pelo poder econômico que representava, mas pela simpatia e pelo exímio uso do senso comum. Estava no Acre desde 1833 e ganhara fama de bom conselheiro. Vaez completava meus argumentos e confesso que nunca fui persuasivo em matéria de política, mas o poeta era vibrante, deturpava fatos, procurava afastar os temores e mostrava as garantias. Paixão argumentava que a Bolívia poderia tentar represálias sérias e não acreditava na garantia do Brasil, sempre liquidacionista em matéria acreana. Além do mais, uma revolução traria o grave problema da queda de produção da borracha e outros produtos da selva.

Nascimento da oposição nos trópicos

Os dias se passavam e não víamos progresso. Paixão continuava negando o apoio, consumindo nossa bebida e sonegando seu arsenal, seus homens treinados para matar e seu prestígio entre os seringalistas brasileiros. Minha revolução estava-se atolando no marasmo e meus argumentos se esfarrapavam. Foi quando Vaez decidiu organizar uma homenagem ao coronel Paixão. A ideia mais significativa que meu auxiliar direto já teve em toda a sua vida. Blangis preparou um programa seleto, com diversos números de can-can, canções e declamações de versos patrióticos. Naquela noite a varanda se encheu de música e luzes para a coreografia improvisada das francesas. Os moradores da localidade compareceram e apenas dona Vitória não se dignou a participar da plateia. Dona Vitória se refugiou aos pés de um oratório e desfiou um rosário pelas almas de todos os pecadores e aventureiros. Ela sabia, apertando as contas do rosário, que os dias de harmonia em Puerto Alonso, em sua casa, estavam perdidos. E não podia fazer nada, tinha aprendido a ser submissa em política, assunto eminentemente masculino. Mas era duro ver toda aquela vida calma desaparecer assim de repente sem que ela procurasse evitar. Um meio haveria de existir para expulsar aquelas mulheres desavergonhadas, aqueles alcoólatras inveterados, da companhia de seu marido. Sem saber, durante aquela oração, dona Vitória tinha-se tornado pioneira do movimento golpista que mais tarde iria abalar o meu Império.

Sobre a mutabilidade da vontade

Pedro Paixão estava transformado sem ao menos imaginar que naquele momento sua esposa tornava-se política. Mas uma revolução com tão belas pernas, com senhoritas tão gentis, merecia o seu apoio. O seu senso comum, tão bem usado nas perigosas questões fundiárias, estava agora indicando com vigor a necessidade de sair à frente dessa revolução. O que me comprovava a força libertária da arte, na presença dos Les Commediens Tropicales. Na outra manhã, para nossa alegria, firmamos o documento histórico onde o coronel se comprometia a prestar todo o apoio à revolução, colocando inclusive seus empregados na categoria de praças engajados, sob minhas ordens. Naquela madrugada, a grande varanda estava sossegada e todos dormiam. Eu olhava para o teto bordado pelas aranhas e meditava sobre os conceitos e mistérios da política nos trópicos. Eram homens tão isolados e tristes que sempre se sentiam relegados ao anonimato. E não há homem de poder financeiro que deseje o anonimato. A política, portanto, era um estímulo que vinha incandescer esta região de solidão que é o amor-próprio do novo-rico.

Ideologia da monocultura I

Uma coleção de pernas femininas bem ensaiadas, em meias de rendas. Alguns números de can-can, boas bebidas, eram tão bom argumento ideológico quanto qualquer outro.

Ideologia da monocultura II

A política nos trópicos é uma questão de coreografia.

Ideologia da monocultura III

A classe dominante nos trópicos não se envergonha de nada.

Ideologia da monocultura IV

Ser violento nos trópicos é uma questão de humor.

Puerto Alonso

Michael Kennedy esqueceu as doenças tropicais por alguns momentos e examinou os balancetes da delegacia boliviana no Acre. Viu que os lucros eram fascinantes. Prometeu apoio direto dos Estados Unidos em troca de pequenos favores alfandegários. Minhas agentes francesas já estavam lá, ativamente participando. Dois ingleses que se diziam religiosos também ofereceram ajuda financeira aos bolivianos. Mas não havia movimentação de tropa inimiga e permanecia na cidade o pequeno destacamento de milicianos. O caminho estava livre.

Joana d'Arc

Joana organizou um batalhão de seringueiros e comandava os homens com mão de ferro. Ela tinha aprendido muito bem os ensinamentos da Igreja Católica. Mal falava comigo e me olhava com sinais de repreensão. A assinatura da adesão de Paixão era para Joana uma leitura *a priori* do que seria a minha revolução.

Ordem do dia

Do: General Vaez.

Para: Marechal Galvez.

Senhor: Encontram-se em Versalhes setenta seringueiros recrutados e descidos dos centros. As manobras e treinamentos prosseguem normalmente. Versalhes é uma praça de guerra.

Viva a Revolução.

Viva o Acre Independente.

Thaumaturgo Vaez, General de Brigada.

Despachos

O Marechal de Campo, usando de suas atribuições legais, resolve:

1º Outorgar a patente de General de Exército ao Coronel Pedro Paixão, com o soldo simbólico de 3.000$00 mensais.

2º Outorgar a patente de Sargento aos seguintes cidadãos: Libério Pereira (capataz), Severino Nogueira (capataz). Roberval Ladeira (capataz) e Emerentino Soares (capataz), com o soldo mensal de 800$00.

Cumpra-se.

Viva a Revolução.

Viva o Acre Independente.

Luiz Galvez Rodrigues de Aria.

Marechal de Campo e Comandante Supremo da Revolução.

Ordem de serviço

Do: Intendente.

Para: Marechal Galvez.

Senhor: Esta Intendência vem solicitar a autorização para proceder à compra das seguintes mercadorias:

a) 3 metros de linho branco.

b) 1 metro de linho azul.

Finalidade: Confecção de uma bandeira para o futuro Estado Independente do Acre.

Viva a Revolução.

Viva o Acre Independente.

José Fernando, Intendente Chefe.

Nossa bandeira idolatrada

Justine L'Amour e Joana confeccionaram nossa bandeira, seguindo um desenho de Blangis. O Estado-Maior tinha aprovado o desenho, com o seguinte despacho escrito por Vaez: "És um retângulo como todas as dignas e indignas bandeiras dos povos. Uma faixa azul, que te toma a metade, suaviza os rigores desta natureza suntuosa, para mostrar os ânimos de poeta e trabalhador de teu povo. A outra metade é o branco puro: esse lírio das cores reunidas e brilhando numa só. O branco: é a cordura mais uma vez de humilde povo. Em meio a estas duas manifestações heráldicas da paz e da concórdia, fulgura uma estrela solitária, fúlgida, como é a nossa esperança. É o farol de nossa caminhada rumo ao futuro. Finalmente, essas três palavras sagradas, surgidas no mundo, das bênçãos da criação do povo nas ruas: LIBERDADE, IGUALDADE E FRATERNIDADE."

As aventuras são perigosas

O batalhão comandado por Joana e intitulado "Os Inconfidentes" desfilou garbosamente na Praça Versalhes. Eram homens franzinos, desdentados, chapéus de palha e sapatos de látex nos pés. Seguravam os fuzis com certa elegância e três atiradores demonstravam a pontaria em alvos da floresta. Decidi convocar os três para a minha futura guarda pessoal. De Puerto Alonso chegava a notícia de que os bolivianos assinariam um acordo bilateral com o Brasil, anexando o território do Acre e reclassificando as propriedades dos brasileiros. Essa reclassificação significava a opção entre receber uma indenização do Estado ou permitir que as terras fossem catalogadas como áreas de segurança nacional. Pedro Paixão ficou bastante impressionado com a notícia.

A metafísica de Aristóteles

Morriam no Acre, anualmente, oito crianças entre vinte, nos primeiros dias de vida. 20% da população ativa sofria de tuberculose. 15% de lepra. 60% estava infestada de doenças típicas de carência alimentar. 80% da população não era alfabetizada. Não havia médicos no Acre. Um quilo de café custava 0$20. 40% da borracha fina do Amazonas vinha do território acreano.

4

O Império do Acre
julho/dezembro de 1899

"E aqui se vê que a arte, por baixeza de estilo, resultou em desconsolo, e entra o Rei na comédia para o tolo."

Lope de Vega, *Arte nova de fazer comédias neste tempo*

Numerologia

Quanto tempo vive realmente um homem? Pela média um homem vive 613.200 horas em sua existência. Mas todas essas horas foram realmente vividas? Durante o sono não se vive e somente isso já nos leva quase a metade da existência. E descontemos também as atividades rotineiras e quanto sobrará? Contudo, o homem vive os momentos em que ele realmente participa completo, e neste sentido sua vida é fugaz. O homem que vos escreve, gentil leitor, é um homem que viveu apenas 17.520 horas. Foram essas poucas horas intensas que dominaram a minha vida como um sinal de fogo na pele de um condenado. Sei que isso pode parecer piegas, mas a verdade é que tirando os dois anos que passei na Amazônia, minha existência não passou de uma decorrência cansativa dos momentos da aventura. Eu vivi a aventura e depois me transformei numa lenda.

A queda de Puerto Alonso

Atravessamos o silêncio da madrugada aproveitando a escuridão. O grande momento se aproximava e eu estava tenso.

Dentro de algumas horas o meu destino explodiria. O rio estava calmo e nossas canoas deslizavam sem ruído. Eu tinha decidido tomar o povoado num único assalto, no momento em que os habitantes estivessem acordando. Ordenei a partida às quatro horas da manhã e o Estado-Maior dividiria a tropa em três batalhões, comandados respectivamente por Paixão, Vaez e Joana. Calculei que, saindo de Versalhes às quatro horas, alcançaríamos o povoado às seis horas, quando o sol já clareasse bem as ruas. Havíamos debatido o plano de ataque exaustivamente e me parecia perfeito. Nossos batalhões chegariam, fariam o desembarque, cercariam a Delegacia boliviana prendendo os milicianos, dominariam os pontos-chaves e imediatamente faríamos um comício na praça. Como a presença inimiga era ridícula, eu queria usar a surpresa para evitar escaramuças inúteis.

Surpresas não programadas

O dia começava a clarear e Puerto Alonso já era visível com suas casas amontoadas numa ponta de barranco, os desmatamentos. O batalhão de Joana começou a desembarcar para avançar pelo lado da floresta e Paixão conduzia seus homens para o sul, atravessando a frente da povoação. Do meu lado, Vaez estava examinando a cidade de binóculo, e começou a gaguejar que tínhamos caído numa cilada. Tomei o binóculo e constatei que uma bem disciplinada tropa marchava pela praça, seguindo a cadência de uma banda de música. As fardas eram escuras, de corte europeu, não eram evidentemente bolivianas. Pensei que fosse um exército de mercenários a soldo do Bolivian Syndicate. Um golpe de Trucco que aparentemente se deixara enganar para melhor se divertir. A situação tinha sofrido uma reversão nas expectativas. Eu nem podia me lamentar, estava já no meio do palco. Ordenei que fizéssemos a aproximação da maneira mais discreta, para que o elemento surpresa ainda se colocasse como meu aliado. Os mercenários, ou lá o que fossem, não pareciam esperar um ataque e não haviam distribuído sentinelas ou patrulhas.

Impulso revolucionário

Eram seis horas da manhã quando ordenei o assalto a Puerto Alonso. O cerco havia-se completado em tempo hábil e fiz questão de estar na vanguarda da tropa que desembarcou correndo no trapiche. Uma avalancha de alcoólatras, dançarinas e cearenses caiu sobre a praça, pondo em debandada vergonhosa os desprevenidos mercenários. No campo de honra ficaram as bandeiras, estandartes e instrumentos musicais. Tínhamos conquistado o primeiro objetivo sem disparos. O Batalhão dos Inconfidentes avançava pelo fundo e já dominava a retirada dos mercenários que iam caindo prisioneiros sem maiores resistências. O batalhão de Paixão vasculhava outra ala da cidade e fazia prisioneiros na tomada da Delegacia boliviana. Mas ninguém tinha conseguido localizar Luiz Trucco e o americano. Os dois missionários ingleses foram presos por Vaez e conduzidos para o salão paroquial, onde o cura, um italiano, aderira imediatamente ao novo *status quo.*

Duelo ao sol matinal

Os Inconfidentes de Joana trouxeram os prisioneiros para a praça, quando uma mulher, fardada, começou a gritar histérica apontando uma sombrinha para Blangis. Era a coronela do Exército da Salvação que avançava contra o francês que havia destruído o seu xale em Belém. Ela não esquecera o pouso forçado sobre os cachos de banana madura e, agora, reaparecia urrando feito uma possessa. Blangis, lembrando de suas aulas de esgrima na escola de arte dramática, defendeu-se galhardamente, desfazendo a coronela de sucessivas peças de roupa. Ele estava armado de um florete e a cena não era das mais altivas, na verdade. Os membros do Exército da Salvação, ao verem sua maior patente ultrajada e em trajes menores, esgrimando com um balofo alucinado, perderam a compostura e esquecendo do feio pecado da vingança, engalfinharam-se com a turba de cearenses que torcia e se divertia em volta. Estava sendo travada a batalha que ficaria na História como a Grande Batalha Campal de Puerto Alonso, vencida pelo meu exército, e marco fundamental de meu Império.

O velho regime

Eu mesmo prendi Michael Kennedy e Luiz Trucco. Foram conduzidos de mãos na cabeça ao escritório da Delegacia boliviana. Tinham sido atraídos pela algazarra da Batalha Campal e haviam corrido para a praça já tomada pelo povo, curioso pela repentina agitação numa hora quase sempre dedicada ao despertar entre caras sonolentas e indolentes espreguiçadas. A gritaria que vinha da praça despertaria qualquer curiosidade numa cidade onde apenas os sapos e pássaros manifestavam-se com semelhante entusiasmo. Os dois diplomatas tão distraídos se encontravam observando a pancadaria de um degrau da igreja, sem compreenderem a participação inusitada daquele grupo de fardados membros do sempre pacato Exército da Salvação a rolarem pelo chão com mulheres em vestidos coloridos e cavalheiros embriagados, que não deram por mim a não ser no momento em que, molhado de suor, encostei o cano de minha Winchester nas costelas de Luiz Trucco, dando voz de prisão. E não posso acusá-los de imprudentes, pois um duelo de florete e guarda-chuva não era algo comum, ainda mais travado entre uma coronela do Exército da Salvação e um maestro de óperas.

Ilusões da realidade

Na perspectiva que o tempo oferece, aquele duelo não era mais estranho que a revolução que se fazia com pancadaria. A carta que Luiz Trucco escreveria mais tarde, já a salvo em Manaus, para onde ordenei que fosse enviado, diria muito pouco do que realmente havia sucedido naquela manhã. A carta estava endereçada ao ministro Aramayo, embaixador da Bolívia em Londres e principal articulador do Bolivian Syndicate.

Repercussão internacional

A falta de imaginação de Luiz Trucco não deixaria de despertar uma incontida fúria no explosivo ministro de grandes bigodes. Ao ler as descrições objetivas e pormenorizadas do texto, rasgaria todas as cortinas de veludo de seu gabinete e limparia com grandes murros a superfície sempre congestionada de sua escrivaninha de despachos. Naquela mesma noite e ainda com o sangue bastante quente, Aramayo se recusaria a ler o mesmo exemplar do *The London Time*, folheado momentos antes pelo pacato embaixador brasileiro, um carioca de boa família e que provavelmente nem sabia onde ficava o Acre, criando um desagradável mal-estar entre os sócios do Escort Club, frequentado por diplomatas conhecidos em Buckingham como das *"exotic lands"*.

Dados históricos

A Grande Batalha Campal de Puerto Alonso durou exatamente noventa minutos, criteriosamente cronometrados pelo nosso médico, Dr. Nobre. Quando os ânimos serenaram, um grupo de amarfanhados soldados de Cristo lamentava os instrumentos musicais avariados, quase numa adesão aos lamentos das francesas que também saíam com arranhões impudicos e alguns olhos arroxeados e os vestidos irremediavelmente rasgados em partes estratégicas. Blangis acabou derrotado e surrado pelo guarda-chuva bem manejado da coronela. Dr. Nobre atendeu os feridos com dois litros de arnica e muitas ataduras.

Os prisioneiros ilustres

Na Delegacia boliviana permaneceram detidos o cônsul americano, Luiz Trucco, os seis milicianos da Bolívia e os funcionários Ordenei que o Batalhão dos Inconfidentes procedesse à guarda dos prisioneiros.

Comício

A população estava totalmente nas ruas, despertada pela batalha, atravancando a praça com crianças de colo, doentes e animais de estimação. Ordenei a descida da bandeira boliviana e, entre versos de uma canção de *Aída*, para dar um tom solene, foi içada a bandeira acreana. A tropa de Vaez abriu uma clareira em torno do mastro, contendo a multidão. Entramos na praça, montados em tristes pangarés ornamentados para as Folias de Reis juninas, numa improvisação coreográfica de Blangis. Cavalgavam ao meu lado os generais Pedro Paixão e Thaumaturgo Vaez. Logo fomos cercados pela massa e comecei a observar aqueles homens maltrapilhos, aquelas mulheres maltratadas, grávidas e velhas. Meus súditos me desanimavam. Do alto do mastro pendia a bandeira revolucionária.

Os descamisados

Meus súditos observavam tudo de uma maneira distante. Estavam curiosos, mas não compreendiam o significado do acontecimento. Nós estávamos montados em cavalos com enfeites fora de época e isso provocava boatos que logo caíam no descrédito. Aquela gente sempre se submetia aos fatos, aos acontecimentos, e quando não conseguia abarcá-los, murmurava boatos. Alguns acreditavam que eu era dom Pedro I que retornava ao trono do Brasil. Tinham vivido sempre nesse limbo a meia voz, simulando uma falsa passividade, a mesma com que tinham recebido o agenciador de brabos que os havia abordado no sertão e a mesma quando viam seus companheiros morrerem de diarreia na longa viagem ao mítico Acre. E murmuravam quando suas dívidas cresciam nas contas dos coronéis. O murmúrio, os boatos, eis a maneira mais prática de aguardarem a própria sorte e de não se intrometerem em coisas de políticos. Afinal, nos trópicos, os políticos, como Deus, sempre tinham razões insondáveis.

Viva o Imperador do Acre!

Justine L'Amour estava tomada por um arrebatamento bufo. Vi quando surgiu na praça, empurrando o povo, segurando o busto semidespido, comandando suas amigas como se entrasse num imenso palco vegetal e sua deixa tivesse sido dada no meio do espetáculo. Ela levantou os braços e puxava em coro vivas ao Imperador. Salvas de palmas romperam e meus soldados estimulavam os apáticos acreanos. Vaez e Paixão também aderiram e jogaram os chapéus gritando vivas ao Imperador do Acre. Finalmente, meus súditos aderiram e o cura começou a soltar foguetes da porta da igreja. Eu avancei para o meio da praça onde Blangis tinha armado uma espécie de altar com flores de papel. Notei que segurava uma espada boliviana empurrada em minha mão por alguém que já não me lembro. Levantei a espada e, de pé no estribo, pontuei minhas palavras com golpes no espaço.

O grito do Acre

Galvez — Pátria e Liberdade! Viva o Acre Livre! Viva a Revolução!

Geopolítica

Eu estava livrando o Acre da tutela boliviana e brasileira, formando um Estado Independente, conforme o combinado.

Documento para o futuro

Pena não haver um fotógrafo para registrar aquele momento. O único fotógrafo de Puerto Alonso, um misto de mascate e lambe-lambe, natural da Grécia, havia falecido há seis meses numa desavença com o marido de sua amante. Mais tarde, numa tentativa de compensar a falta, Blangis procurou reproduzir o feito sem sucesso, numa tela de pano e com tintas de um estojo incompleto, inaugurando uma nova escola de pintura que bem poderia receber o nome de "escola acreana". O quadro malsucedido, sem as cores vermelha e verde, tendendo para o azul, seria apreendido durante a minha deposição. Constaria dos autos do processo e seria arrematado por um turista alemão, no Rio de Janeiro, num leilão de trastes velhos realizado ainda na década de 20. Mais tarde, em 1942, o quadro surgiria numa praça de Dusseldorf, junto com outras obras consideradas decadentes para serem queimadas por ordem de Hitler.

O segundo dia de uma revolução

Baixei meus primeiros decretos. No primeiro, oficializei o Império do Acre, marcando os seus limites precisos e para o qual utilizei os conhecimentos geográficos de Pedro Paixão. Assinei ofícios comunicando o nascimento do Acre a todos os países civilizados e uma carta especial ao presidente Campos Sales, solicitando a sua compreensão.

Decreto

O Imperador do Acre, em suas prerrogativas de Soberano e representante da vontade popular, decreta:

§ 1º. — A vigência do Código Penal Brasileiro em todas as suas cláusulas, no território nacional.

§ 2º. — A vigência da Constituição Brasileira em todas as suas cláusulas e na redação atual, no território nacional.

§ 3º. — Este decreto terá validade até a convocação da Assembleia Constituinte do Acre, em futuro próximo.

Cumpra-se e publique-se.
Luiz Galvez Rodrigues de Aria.
Imperador do Acre.

Fala do trono

O Imperador do Acre, em suas prerrogativas de Soberano e representante da vontade popular, decreta:

§ 1º. — A criação de um Orçamento Nacional.

§ 2º. — O confisco das rendas da antiga Alfândega boliviana em Puerto Alonso.

§ 3º. — A transformação das rendas da antiga Alfândega boliviana em Orçamento Nacional.

§ 4º. — A quantia de 145.368.908$00 para o Orçamento Nacional.

Cumpra-se e publique-se.
Luiz Galvez Rodrigues de Aria.
Imperador do Acre.

Ventoso de 1899

O Imperador do Acre, em suas prerrogativas de Soberano e representante da vontade popular, decreta:

§ 1º. — A criação de um COMITÊ DE SALVAÇÃO NACIONAL.

E nomeia:
O General de Exército Pedro Paixão para o cargo de Presidente do Comitê de Salvação Nacional.
O General de Brigada Thaumaturgo Vaez, o Coronel Joana Ferreira, o Coronel François Blangis, como membros do citado comitê.
Cumpra-se e publique-se.
Luiz Galvez Rodrigues de Aria.
Imperador do Acre.

Uma revolução é uma revolução

O Imperador do Acre, em suas prerrogativas de Soberano e representante da vontade popular, decreta:

PARÁGRAFO ÚNICO — A expropriação do imóvel sito à Praça 14 de Julho, antiga Praça 15 de Novembro, de número 78, de propriedade do cidadão Pedro Paixão, que assim será agregado ao patrimônio da nação.

Cumpra-se e publique-se.
Luiz Galvez Rodrigues de Aria.
Imperador do Acre.

Bilhete

Sr. Galvez

Olhe aqui, o senhor anda muito entusiasmado com essa estória de decretos. Pois fique sabendo que não gostei nada de terem me tomado o depósito de mercadorias da Praça 15 de Novembro.

Do amigo,

Pedro Paixão.

Resposta

Meu caro Pedro Paixão

Fique descansado que isso não mais ocorrerá. O barracão que servia de depósito será transformado em Palácio Imperial e sede do governo. Pagaremos uma boa indenização. E as mercadorias que lá estão, as 50 toneladas de borracha, não foram incluídas no decreto e ainda são suas. E não esqueça que a praça agora se chama 14 de Julho, em homenagem à nossa Revolução.

Cordiais Saudações.

Luiz.

O palácio da celeuma

Em poucos dias, turmas de trabalhadores movidos a cachaça limparam e organizaram o que se chamaria, com uma profunda condescendência, de Palácio Imperial, seguindo as ordens de Blangis, encarregado pelo Comitê de Salvação Nacional para proceder à instalação da sede do governo em local condigno.

Arqueologia

Blangis andara caçando móveis e objetos encostados ou sem uso pelos seringais e casas de comerciantes da cidade. Muitas coisas interessantes havia recolhido. Uma marquesa portuguesa do século XVII estava servindo de poleiro de galinha numa casa próxima ao Palácio e duas cadeiras *chippendale* jaziam numa barraca de ferramentas de um comerciante.

Arquiteto e cenógrafo

No barracão batizado de Palácio Imperial havia um grande salão de recepções e audiências, um gabinete de despachos para meu uso exclusivo, o meu quarto de dormir e outros quartos distribuídos entre as francesas e os revolucionários mais graduados. As refeições eram servidas num caramanchão de ripas trançadas construído no fundo do prédio, próximo a goiabeiras e trepadeiras retiradas da mata pelo paisagista Blangis.

Maquiavel e o Estado moderno

Para evitar novos atritos, decidi baixar um decreto abolindo o imposto sobre a borracha bruta, que agradou em cheio aos proprietários. Eles tinham os lucros aumentados e Blangis teve o seu trabalho facilitado, já que ninguém parecia se importar em ceder uma marquesa imprestável, um consolo italiano, uma mesa de jacarandá ou qualquer outro objeto requisitado pelo meu decorador sempre dedicado.

O Regime Novo

A cerimônia de minha coroação, já no Palácio delirantemente decorado com uma pompa até então ignorada naquela latitude, transcorreu com intensa comoção de grandeza. Os leitores me perdoem o estilo grandiloquente, mas toda coroação é assim. Blangis, mestre na improvisação de cenários em *papier mâché*, elaborou um deslumbrante salão de audiência com todos os detalhes rococós de um antigo cenário para a ópera *Don Giovanni*. Os dourados, os falsos mármores, as pinturas românticas de cores vagas, os cortinados, impressionaram os convidados, velhos batalhadores que haviam enriquecido na selva, quase analfabetos e que agora se intimidavam com a magia daquele francês milagroso, capaz de transformar em poucos dias um depósito infecto de borracha num palácio de sonho.

À Napoleon

Durante a coroação, as francesas, em vestidos de grande gala para a ópera *Carmen*, formaram um coral de efeito, apresentando números selecionados do repertório da antiga companhia desfeita na tragédia. Entre as estrofes da delicada romanza do *Barbeiro de Sevilha*, "Ecco ridente in cielo...", esqueci os conselhos de Sir Henry e assumi o Império com um gesto napoleônico. Coloquei sobre minha própria cabeça a palma de folhas de seringueira lavrada em prata.

Coroa de seringueiros

Minha original coroa foi uma oferta do vigário de Puerto Alonso, sempre preocupado em mostrar sua adesão ao novo regime. Ela tinha sido enviada a Puerto Alonso como presente do governo boliviano para ser usada numa cerimônia de coroação à Virgem padroeira da cidade, uma imagem de gesso em tamanho natural que estava no altar--mor da igreja.

Demagogia

Fiz um ligeiro discurso prometendo trazer a civilização para as barrancas do Acre e muita justiça para o povo. A última parte do discurso, que se referia à justiça para o povo, eu deixei escapar num momento de entusiasmo e tratava-se de evidente exagero. E ordenei o início das comemorações com duração prevista para uma semana.

Buffet imperial

Veuve Clicquot espocaram no salão e uma orquestra improvisada com elementos egressos do Exército da Salvação, desertores que haviam abandonado a farda atraídos pelas facilidades de meu regime, atacou uma animada polca de compasso trepidante. Mandei distribuir aguardente, doces e fatias de leitão para o povo que se aglomerava na porta do Palácio.

Premonição

A maneira com que meus súditos recebiam a aguardente e a avidez com que se atiravam aos pratos de comida permitiram que eu tivesse uma ideia da base ideológica do Império que se instalava.

Minha dissidente querida

Joana não compareceu à minha coroação. Me disse que era uma palhaçada o que estava sendo feito no Acre e que eu pagaria caro por isso. Não levei muito a sério a raiva de Joana. Ela seria sempre uma amiga fiel, no final das contas. Saiu de meu gabinete furiosa quando eu prometi baixar um decreto outorgando o título de baronesa do Acre para ela. Tomou um transporte e subiu para o Alto Acre, região ainda nas mãos dos bolivianos e reduto dos comerciantes inimigos de Pedro Paixão.

Sexo forte

Eu tenho hoje a impressão que Joana se considerava a pessoa mais indicada para fazer a revolução no Acre. Numa das conversas azedas que tive com Joana, ela se referiu à injusta posição da mulher na sociedade patriarcal do látex. Pedro Paixão estava por perto e respondeu que achava a posição da mulher bem colocada para quem não fazia mais do que cozinhar e dar filhos. Mas Joana não se referia a essa espécie de abelha-mestra ou boa poedeira que Paixão via na mulher, ela andava agora em roupas bem masculinas, sem perder o seu charme feminino, diga-se de passagem. Eu me sentia seduzido pela figura de Joana em roupas de seringueiro, as curvas bem marcadas pelas cartucheiras e o porte dominador das botas de campanha. Era uma amazona moderna e que não extirparia o seio, preferia atacar a sociedade masculina no mesmo campo de Vênus.

Uma mulher do outro tempo

Numa época em que as mulheres menstruavam, concebiam, pariam, sem se preocuparem com a sua condição, Joana era uma consciência exposta como um nervo. E bem no Acre.

O baile de Puerto Alonso

Continuemos com a coroação. Os desertores do Exército da Salvação, se bem que péssimos cristãos, formavam uma animada orquestra. A comida era farta e a bebida de primeira. Os primeiros momentos de luxo e euforia de meu Império. Do meu trono podia observar a festa que pouco a pouco degenerava em orgia. O salão comprido e iluminado ao máximo pelos candeeiros zumbia com sua decoração. Os convidados se desinibiam. As duas paredes maiores, sem janelas, estavam revestidas de painéis ao gosto de Luiz Felipe, com pinturas do Arco do Triunfo, do Sena e de mulheres de 1880. No extremo oposto do meu trono, a porta principal abria entre dois nichos onde cupidos de estuque retesavam os arcos dourados. Numa elevação de ripas e contrastando com o fausto oitocentista, estava a orquestra em costumes da ópera *Semíramis* de Traetta, esforçando-se para ultrapassar o vozerio. Meus súditos embebedados procuravam agarrar as poucas mulheres e esfacelavam com o suor a cenografia de papel. O general Pedro Paixão, que não viera com dona Vitória, prostrava-se no meio de duas mestiças, sentado num sofá e arregalando os olhos para as paredes milagrosas que se dissolviam rapidamente.

Gosto de civilização

Quem olhasse atentamente o salão notaria o ar de matadouro nos corpos amontoados entre vômitos e suor. Cabelos e frangalhos de *papier mâché* palpitavam. François Blangis nem ao menos podia lamentar o estrago, estava estirado logo atrás da orquestra num profundo sono. Do lado de fora, outra orquestra bem regional não dava sossego. O povo que nunca havia experimentado as delícias de uma coroação, liberava-se em volta de grandes fogueiras.

Sob o signo da utopia

Me deu vontade de caminhar e escapei por alguns minutos daquele matadouro fumarento como sauna finlandesa. Atravessei as alas de convidados e ganhei a praça, onde mulheres e homens esfarrapados, magros e inocentes, cantavam no que me pareceu uma constrangida alegria. Então eram aqueles os meus súditos, me perguntei mais uma vez, já que a ideia se apresentava irreal. Eu olhava novamente para aquelas caras imberbes, as poucas mulheres de ossos salientes, dentes podres, o suor, o cheiro de cachaça, as pálidas vozes que me traziam outra coisa que a ideia de súditos. Mas entre a orgia e o bom-samaritanismo, eu preferia naquele momento o doce sabor de um bom *frascati*. Procurei me afastar rápido e caminhei para a antiga Delegacia boliviana, onde Luiz Trucco estava preso aguardando minhas deliberações. Abri a porta e vi o velho Trucco, a testa branca e os olhos cansados, lendo o seu Anatole France sob a vigilância de dois cabras. Ele levantou a cabeça e deve ter notado que eu estava bêbedo e que minhas roupas estavam molhadas de suor. Um olhar de recriminação e desprezo profundo, como não podia deixar de ser. O ruído da festa chegava de longe como uma distante trovoada, e a figura de Trucco parecia encerrada numa redoma de vidro. Eu carregava um copo de vinho, fiz um brinde mudo em direção dele e engoli a bebida de uma só vez. Eu sabia, na minha lucidez de bêbedo, que aquela festa, como a palidez daquele velho, eram nuvens que começavam a cobrir o céu para uma tempestade. A luz melancólica do único candeeiro fazia as paredes pulsarem e o cheiro de mofo estava vivo. Tranquei a porta e voltei para o salão, subindo a trêmula escada de madeira dos fundos do barracão e entrei naquele ocaso de vesículas seminais e seios massageados. Já não havia mais música, era uma espécie de uivo uníssono como saído de uma só garganta. Os corpos colavam-se aos fragmentos dos painéis esfacelados em espasmos molhados.

Sobe o Ministério

O Imperador do Acre, em suas prerrogativas de Soberano e representante da vontade popular, consciente da necessidade de dar prosseguimento ao trabalho de normalização da vida nacional, resolve:

§ 1º. — Criar um Ministério para substituir o provisório Comitê de Salvação Nacional.

§ 2º. — Convocar uma Assembleia Constituinte para elaborar a feição jurídica da Nação.

Cumpra-se e publique-se.
Luiz Galvez Rodrigues de Aria.
Imperador do Acre.

Nomes ilustres

O Imperador do Acre, em suas prerrogativas de Soberano, resolve:

PARÁGRAFO ÚNICO — Nomear os abaixo relacionados cidadãos para os correspondentes cargos ministeriais:

Ministro da Instrução Pública — Joana Ferreira.
Ministro da Saúde — Dr. Amarante Nobre de Castro.
Ministro das Relações Exteriores — Thaumaturgo Vaez.
Ministro da Cultura — François Blangis.
Ministro da Guerra — Gal. Pedro Paixão.
Ministro do Interior e Justiça — Bel. Felismino de Sá.

Ilustres desconhecidos I

Os meus leitores ainda não ouviram falar no Bel. Felismino, a quem leguei tão importante função no Ministério. Pois fiquem sabendo que ele era formado em Pernambuco e especialista em direito comercial, se bem que fizesse sua vida em Manaus como advogado de causa cível, protestando títulos e executando dívidas. Era também um incansável frequentador do Hotel Cassina e grande conhecedor de vinhos. Nunca me deu trabalho.

Ilustres desconhecidos II

Quanto ao Ministro da Guerra, o mais do que merecedor Pedro Paixão, foi o único General de Barranco em toda a história da Amazônia.

Ilustres desconhecidos III

O Bel. Felismino de Sá era autor de um volume de poesias intitulado *Volutas da Noite Primaveril.*

Ilustres desconhecidos IV

O primeiro trabalho do Ministro da Saúde foi curar o Imperador de uma terrível ressaca. Ele me deu um preparado

de guaraná que ainda hoje considero um santo remédio.
Revelo aos leitores o segredo do Dr. Nobre:

Guaraná em pó .... 5 a 20 gramas.
Piramido .... 10 a 40 gramas.
Para uma cápsula.
Importante: o pó do guaraná deve ser obtido ralado na
língua do pirarucu.

O guaraná

O guaraná dá bons resultados nas ressacas como sedativo e
calmante. Mandei buscar em Manaus 500 bastões.

Perdão, leitores!

Interrompo para advertir que o nosso herói vem abusando do sistematicamente da imaginação, desde que chegou em Manaus. E como sabe nos envolver! Para início de conversa, no Acre ele tentou organizar uma República liberal. E depois, bem, depois, pensando melhor, para que desviar o leitor da fantasia?

Florilégio acreano

Thaumaturgo Vaez começou a escrever um grande poema celebrando a conquista e a fundação do Império do Acre.

Meu século suave

Ah! 1899. Além do meu Império alucinado perdido no meio da *jungle* tropical como uma utopia de Campanella, os historiadores do futuro muito teriam que falar daquele ano. Dias de galhardia, miséria e pompa, os homens preparavam o novo século com grandes mudanças e, talvez por isso, os novecentos que se aproximavam seriam conhecidos imprecisamente como os tempos modernos. A Inglaterra sofria vergonhosas dificuldades na guerra contra os bôeres na África. Seu imenso império colonial ameaçava ruir e os nobres desfilavam pela Kensing Road em carruagens douradas, exultando pela libertação de Mafeking, como se tivessem livrado a terra de uma nova barbárie. Para os humildes do planeta a vida era a de sempre: estafantes horas de trabalho, salários minguados, num disparate com a farta mesa da pequena burguesia. Meus súditos acreanos faziam parte desta face desfavorecida da civilização. E se o meu regime muito pouco parecia prometer no sentido de melhorar a situação, alguma coisa estava mudando em Puerto Alonso.

Cidade perdida

Antes da Batalha Campal, os principais assuntos em Puerto Alonso eram a cotação da borracha no mercado internacional, as variações das enchentes e vazantes do rio e os mexericos inocentes de família. Com a presença das francesas, o desfile dos revolucionários alegres, os bailes no Palácio Imperial e as distribuições de cachaça, a cidade ganhava um novo sangue. Os jornais de Manaus atestavam a recente importância do Acre e meus súditos se orgulhavam disso.

Rotina imperial

François Blangis, munido de suas prerrogativas de Ministro da Cultura, não parava de se preocupar com a aparência mambembe da cidade. Afinal, uma Corte que se prezava não podia ter ruas de barro, iluminação de archote e ausência completa de diversões noturnas que obrigava seus moradores a recolherem-se ao leito com as galinhas. Blangis sonhava com uma Ópera mais opulenta que o Teatro Amazonas. Sonhava Puerto Alonso como uma metrópole modelo, com todos os confortos modernos que haviam maravilhado os visitantes do Pavilhão Elétrico da Exposição Parisiense de 1899. Todas as manhãs, acompanhado de seu improvisado corpo de secretárias, escolhidas entre as nativas mais cândidas dos arredores, meu Ministro da Cultura atravessava a pé a distância que separava sua casa do Palácio Imperial. Blangis estava irritado pelo inconveniente de um ministro ser obrigado a se expor como um homem comum todas as manhãs. O ideal seria usar uma *landau* de quatro cavalos ou mesmo um daqueles arrojados veículos a vapor ou motor de explosão que tanto impressionavam as ruas de Londres. A assiduidade de Blangis, no entanto, era injustificada. Não havia o que despachar nem atividades culturais que lhe atormentassem a preocupação.

Linha quente

Meu general Pedro Paixão havia-se retirado para o seringal Versalhes e de lá se comunicava através de um dispendioso telégrafo expropriado dos bolivianos e que Vaez localizara encaixotado há mais de um ano nos fundos da Delegacia. O telégrafo permanecia inativo durante o dia e começava a funcionar freneticamente depois das cinco horas da tarde. O telegrafista transmitia os pedidos de informações de Paixão quanto à programação noturna do Palácio. A nossa atividade pós-jantar era o único motivo capaz de fazer vir à cabeça de Paixão a nova situação acreana.

Expediente

Com a chegada matinal do Ministro da Cultura ao Palácio Imperial, a atividade administrativa era considerada aberta, se bem que eu somente desse o ar de minha augusta presença antes do almoço e se não estivesse de mau humor ou de ressaca. Minha entrada era sempre festiva; comitês de súditos de diversas províncias, em trajes domingueiros, com pequenos regionais de música, vinham oferecer humildes dádivas. Algumas dádivas não eram assim tão humildes e Justine L'Amour conseguiu uma grande coleção de couros de fantasia. Com esta coleção, Justine faria uma pequena fortuna na Europa, depois do fim do Império.

Trabalho de Hércules

A Delegacia de Polícia era o único setor da administração que apresentava movimento. Quebrando a tradição de cidade pacata, Puerto Alonso contava agora com uma alta incidência de desordens. O largo consumo do álcool criava desentendimentos sempre com resultados fatais ou irreversíveis. Eram esposas maltratadas pelos maridos insatisfeitos e exaltados pela cachaça. Era a turma de jovens seringueiros que explodia nas baiucas flutuantes. Era o corpo de um afogado anônimo que aparecia boiando no trapiche. Toda uma febricitante atividade que vinha preencher o velho livro de ocorrências até então um caderno de páginas vazias.

Turbulenta fronteira

Joana retornou do Alto Acre e me falou de um possível levante contra o meu governo, organizado pelo seringalista Neutel Maia, aliado dos bolivianos. Destaquei dois emissários para o Alto Acre com a missão de manter meu governo informado.

Volúpia matinal

No Palácio Imperial, meu Ministro da Cultura sentava-se sob o caramanchão florido, cercado pelas secretárias, aguardando a chegada dos outros ministros. Sentava-se como um paxá rodeado de odaliscas morenas. Blangis se tornara um grande amigo do poeta Vaez, com quem entabulava mirabolantes planos irrealizáveis com volúpia imaginativa de desjejum. De uma dessas divagações sem esperança imediata, saiu a ideia de construir um Palácio Imperial digno de uma nação arrojada como o Acre. O próprio Blangis, acudido pelas extasiadas secretárias que providenciaram tintas e papel, pincelou uma perspectiva arquitetônica que deixou o poeta Vaez definitivamente apaixonado pelo brilho criativo do Ministro da Cultura. Para os que conheciam Blangis, aquela visão babilônica em pinceladas de guache não era novidade. O modelo vinha de uma caríssima cenografia para a ópera *As Bodas de Fígaro*, de Mozart, de forte sabor setecentista e recusada anos antes na Europa por ultrapassar o orçamento da Companhia.

Adega precária

As boas bebidas estavam em falta no Império do Acre. Descobri isso numa manhã em que abri os olhos e o mundo me pareceu um relâmpago de dor de cabeça. O dia penetrava com crueldade nos meus olhos. Baixei uma ordem ao Ministério para que providenciasse boas bebidas para a adega imperial. A cachaça podia ser muito boa para os súditos, não para o Imperador.

Diálogos do 3º Mundo I

Eu estava carrancudo que nem ditador latino-americano. Uma mulher do povo falava. O chefe de polícia dormitava.

Mulher do povo — Aí, seu dotô, meu marido num quis me ouvi e num queria mais voltá pra casa não. Tava enrabichado pela vagabunda. Aí eu disse: olha que se tu num vem eu vô aí e te arranco os culhão. Mas ele num creditou o safado. Aí eu disse, oxente, que num recebi de minha mãe mandado pra receber desfeita de home apois eu tenho minha honra e fui lá e peguei ele dormindo. Num contei história não, e cortei o saco dele todinho: si num era meu, num era mais de ninguém, num ia ficar aturando os meninos sem home na casa, seu dotô.

Literatura

É incrível como o povo brasileiro possui uma linguagem de vanguarda. Eu, acostumado com Zola, me estrepava.

Diálogos do 3º Mundo II

Galvez — Quais as providências tomadas?
Chefe de Polícia — ...?!
Galvez — As providências, cavalheiro?
Chefe de Polícia — Bem, bem... (bocejo) A vítima não suportou o golpe, faleceu. Dr. Nobre acusou hemorragia

no atestado de óbito. Ela vai pra cadeia. O problema são os filhos.

Galvez — Filhos?

Chefe de Polícia — São onze filhos. O mais velho tem 12 anos.

Galvez — Solte a mulher. Olhe aqui, minha tia, a senhora não pode andar decepando escrotos por aí, ouviu? Vou mandar lhe soltar e trate de cuidar de seus filhos. Audiência encerrada.

A decadência do Ocidente

O meu Império era um pedaço de mundo absurdo em suas leis próximas ao estado natural. Visto de uma certa distância, bem poderia ter agradado a um filósofo da Ilustração. Um mundo de equilíbrio precário que com a minha aventura eu tinha provocado mudanças. Para mim aquela paz aparente, a facilidade com que o Império se instalava, parecia bem pior que uma guerra prolongada e atolada pelos charcos que formavam aquele território tão cobiçado. Eu tinha grandes dificuldades para me entender com meus explosivos súditos. Manter uma conversa com aquela mulher que aparentava sessenta anos, mas que não tinha ainda quarenta e que contava seu crime de honra como se tivesse comido um doce proibido, era um sacrifício para mim. Minhas audiências com gente do povo eram sempre fracassadas. Eram pessoas com quem eu nunca tinha tido contato e logo descobri que os miseráveis movem-se num mundo anexo e com regras próprias. A miséria também forma a sua confraria.

Problemas carcerários

O Dr. Nobre me informou que a saúde do cônsul americano havia chegado a um ponto delicado. O Ministro da Guerra decidiu fretar um transporte e despachá-lo para Manaus. Luiz Trucco seguiria no mesmo barco. Michael Kennedy dera para falar com voz de criança, tornara-se um trapo desbotado numa cadeira de lona e mijava-se todo quando enxergava Justine L'Amour pelas proximidades. Trucco, que havia mantido uma surpreendente dignidade de prisioneiro de guerra, não estava mais suportando a contingência de viver no mesmo ambiente com o americano. Pedia urgente transferência para outra prisão, onde estivesse livre dos constantes vexames. Além do asco que lhe causava ver aquele pedaço de homem bem formado chafurdar numa loucura covarde, não admitia ser obrigado a ficar trocando as roupas molhadas do companheiro, como se trocasse cueiros. O mordomo negro do americano dera para passar o dia embriagado e estava amasiado com uma boliviana. Para o cúmulo da situação, Trucco perdera a paciência quando Kennedy passou a chamá-lo durante as constantes trocas de roupa, numa voz boba que parecia vir dos aguados olhos azuis, pelo carinhoso nome de Miss Rose. Ser confundido com a vagabunda da adolescência de Kennedy era o insulto supremo que eu havia indiretamente conseguido contra a sua pessoa.

Salvo-conduto

Posto a corrente do insólito acontecimento, assinei imediatamente uma ordem e tratei de supervisionar pessoalmente o embarque dos chefes inimigos. Subindo ao vapor, Trucco voltou-se para mim numa gargalhada terrível, que todos pensaram já estivesse atacado pelo mesmo mal do pobre americano. Luiz Trucco não me perdoaria pelos vexames, e mesmo na hora da morte, num ataque de apoplexia irreverente, numa tarde em Iquitos, enquanto partilhava o leito com uma senhora casada, grunhiria maldições contra a minha pessoa. Eu bem que entendia o significado daquela gargalhada, menos fruto da demência que sinal de secreta vitória.

As bodas de Fígaro

Vaez e Blangis andavam arrebatados pela ideia do Palácio Imperial. Para os leitores terem uma ideia do que seria essa oitava maravilha do mundo, basta dizer que nele haveria trezentas alcovas. Uma sala de audiência lembraria o Alhambra e a ala do Parlamento teria acomodação para vinte mil pessoas. Se a construção tivesse prosseguido, ele estaria concluído em 1970.

Termômetro

Sem que eu pressentisse, o meu Império começava a entrar em crise como um dirigível abandonado que murchasse lentamente.

O Ministério delibera

Reunião para estudar a obra do Palácio Imperial. Orquestra em surdina executando Vivaldi. Meu Ministro da Cultura abre o croqui do Palácio como uma bordadeira abre seu bordado. O grande problema era a contratação de operários e artesãos europeus. Eles certamente não aceitariam vir trabalhar no Acre. Vaez sabia o quanto tinha sido difícil a construção do Teatro Amazonas. Blangis estipulava um custo de 650.000 libras para a edificação total e a decoração. Concordei com a construção.

Política de Montesquieu

Joana continuava o seu trabalho, alheia aos delírios do Ministério. Reunia-se com o povo, organizava escolas e criava centros recreativos no interior do país. De todos os revolucionários, era a única que conhecia o território de ponta a ponta. Sabia de todos os problemas e procurava soluções imediatas. Por isso, conquistara a confiança da população. Ela estava mais abatida e cansada, usava vestidos de chita barata e uma farda cinza nas solenidades. Sua atividade mais cara era ajudar pessoas do povo a escrever cartas. Gostava de conhecer os segredos e aspirações daquela gente expressas nas cartas que escreviam para os parentes. Comovia-se com as deslavadas mentiras que a maioria dos cearenses escrevia. Meu povo evitava que o fracasso de sua miséria chegasse ao lar distante, reafirmando a doce ilusão da fortuna para os que haviam ficado.

Povo bom e ordeiro

Não me queixo; meu povo sempre evitou denegrir a imagem de seu país no exterior.

Joana, a Guerrilheira

Joana não escondia que os diversos centros recreativos eram organismos paramilitares. Ela tinha requisitado secretamente um carregamento de armas e andava distribuindo fuzis e munições para os seringueiros. Como não era adepta da caça, estas armas estavam sendo preparadas para uma possível eventualidade. Fiquei um pouco mais tranquilo quando vi no trabalho de Joana a insurreição que haveria no Acre se meu governo fosse derrubado.

Dezembro

Positivamente o inverno não é a melhor estação para um Império nos trópicos. Um compacto aguaceiro cai há duas semanas, transformando Puerto Alonso numa papa de lama. Meus súditos são vermes encolhidos nas casas ensopadas. Estávamos acossados pelas chuvas e dedicados aos jogos de salão. O Ministério discutia a próxima passagem do século. Mandei cancelar minha visita às províncias; não estava disposto a enfrentar viagens naquele tempo instável em contato com a selva. Eu sabia que na estação das chuvas a selva começa a apodrecer e, como bom espanhol do litoral atlântico, essa vulnerabilidade que a pele molhada oferece me causava horror. Eu sempre tive, como filho de almirante, uma desconfiança ancestral em relação às tempestades. Justine e as francesas não pareciam preocupadas com a chuva, não fosse pela umidade tremenda que criava fungos nas roupas, nas partituras musicais e até nas joias. Justine parecia até se sentir melhor na atmosfera fechada e naquele clima que tornava as noites mais frias e os dias mais frescos. Além disso, os jogos de salão lhe pareciam atividades mais civilizadas que os banhos de igarapé.

Relaxamento dos costumes

Haviam sido esses banhos de igarapé, com cestinha de vime e galinha tostada, espalhadas sobre toalhas de linho pela margem do curso d'água, que introduziram o uso do maiô de banho para mulheres, abolindo os antiquados vestidos escuros para as senhoras e as combinações reveladoras das prostitutas. As novas vestes provocaram escândalo entre as senhoras e um protesto do cura, no sermão do domingo. Mas era uma dívida de civilização que o Acre contraía para sempre. Thaumaturgo Vaez escreveria em seu caderno de notas, o banho das francesas: "Num feminino alarido de náiades em luxuriante cenário de verduras e água cristalina."

Insônias de um ministro

Blangis sabia que a passagem do século era um desses acontecimentos raros. Era necessário marcá-lo com um grande acontecimento artístico, algo de real gabarito internacional. Desistiu quando viu que não haveria verba suficiente. Quanto custaria o cachê de Sarah Bernhardt para levar em Puerto Alonso um monólogo de Shakespeare? E Caruso, quanto pediria para cantar não mais que algumas árias? E ainda havia o problema de proteger esses nomes famosos de alguma doença tropical. Michael Kennedy e sua própria Companhia lhe serviam de advertência. Como permitir que La Bernhardt acabasse seus dias num manicômio, ou Caruso atacado de febre amarela? Afastou a ideia como se prestasse um grande serviço à humanidade. E conteve-se de comunicar a ideia ao impulsivo Vaez, que não pensaria duas vezes em arriscar a integridade das famosas figuras.

Projeto para um réveillon didático

Blangis me procurou para contar o seu plano com veemência de ministro. O projeto vinha sanar algumas irregularidades acreanas, como, por exemplo, o racionamento de boas bebidas. Blangis pedia um grande carregamento de vinhos e champanha e a organização, no dia 31 de dezembro, de um grande desfile alegórico contando aos meus súditos os grandes momentos da história universal. Carros e figurantes fantasiados viveriam os tempos da Grécia, as maravilhas de Luiz XV, a Revolução Industrial, a Queda da Bastilha e o Grito do Ipiranga. O desfile teria início exatamente às 10 horas da manhã, quando Júpiter, numa quadriga de ouro, apontasse na avenida embandeirada, com sua caravana de deuses libidinosos. Ao meio-dia, a quase concluída escadaria de mármore do futuro Palácio Imperial seria inaugurada. Eu ainda teria, durante a tarde, de inaugurar duas escolas públicas.

Providências imediatas

Vaez telegrafou imediatamente para a nossa Embaixada em Manaus, pedindo providências. Todas as vagabundas da praça deveriam ser recrutadas para servirem de figurantes no desfile e de consolo para o povo. Mas não seria apenas este o aspecto do comércio que sairia desfalcado naquele fim de século em Manaus. Uma boa partida de bebidas e um espetáculo pirotécnico de vinte mil salvas, mil para cada século, foi remetido para o Acre.

Pior cego é o que...

Eu bem poderia ter pressentido os sintomas da crise quando a cotação da borracha caiu nas primeiras semanas de dezembro. O inverno forçara uma baixa repentina e a castanha também mofava nos depósitos, imprestável para a venda. Os proprietários queixavam-se e me culpavam. Eu era o responsável pela queda e pelo sistemático abandono dos principais centros de extração do látex. Os seringueiros preferiam as comentadas sensações de Puerto Alonso ao cansativo trabalho do corte. E o movimento de escolarização de Joana não estava sendo bem recebido pelos proprietários, quase todos analfabetos e malformados.

...Quer a utopia

Um vapor especial desembarcou em Puerto Alonso as mercadorias para a entrada do século. Um carregamento pouco recomendável para um Império que cambaleava. Duzentas meninas de todos os matizes e para todos os gostos já desciam fazendo sucesso. Elas acenavam seus tiques de aluguel pelo trapiche e logo dominaram a cidade. Por isto, ninguém notou que já no domingo a missa não havia sido celebrada na igreja da cidade. Dona Vitória armou um altar na Praça Versalhes e lá desfiara fervorosas orações pela conversão do Acre pecador. Pedro Paixão não se incomodava com a santa ira da esposa e comparecera, em terno de HJ, ao trapiche, para dar boas-vindas ao material feminino que desembarcava.

Distensão ideológica

Pedro Paixão começou a mudar de ideia quando à noite, depois de dormitar na varanda ouvindo a chuva, foi se deitar ao lado da mulher e num raro desejo manifestara a vontade de cumprir suas obrigações conjugais, acariciando as coxas firmes de dona Vitória. Em troca, recebeu uma dolorosa açoitada de terço na mão e uma ríspida resposta da esposa.

Leito conjugal

Dona Vitória — Olha, seu bode safado, só quando as vagabundas forem embora...

E num rugido de fera emendou um rosário que entrou pela madrugada.

Comédia de Aristófanes

Pedro Paixão, dias depois, quando tomava uma cerveja em Puerto Alonso, a mão enfaixada em dramático curativo, ouviu de outros proprietários que havia um complô feminino e que o ato de dona Vitória era político. As mulheres exigiam a imediata expulsão dos pervertidos que dominavam o Acre. E seus amigos, que aliavam os dramas de alcova com as tragédias financeiras, inclinavam-se pela urgente extirpação do dissoluto Império. O caso necessitava de uma solução rápida e imediata, coisa a que o senso comum de Paixão estava bastante acostumado.

Um general de futuro

Pedro Paixão ponderava: o Império não tinha sido reconhecido por nenhum governo. Ele sonhava com uma embaixada na Europa, em Paris. O preço da borracha caía e, para dizer a verdade, a coisa não estava indo como ele planejara. Não era nada agradável ver aquele bando de seringueiros vagabundos, bebendo e passeando pelos botequins de Puerto Alonso, como milionários, quando bem poderiam estar produzindo riqueza.

Os conjurados

Enquanto comemorávamos o Natal com uma desenfreada orgia, Pedro Paixão recebia em sua casa alguns dos mais importantes proprietários. Na cabeceira da mesa, que não estava posta para uma ceia natalina, mas nua e esfumaçada para uma reunião política, sentava-se, com sua farda impecável, o tenente Burlamaqui. Na mesa onde meses antes se planejara o Império, agora em triste decadência, o tenente oferecia seus talentos para um fim rápido da desordem que campeava.

O líder bem típico

Burlamaqui sempre esperara por uma oportunidade como aquela. Não era qualquer um que podia planejar o fim de um governo ruim e executar seus planos com pleno êxito. Muitas vezes se irritava com o próprio governo brasileiro e seus civis ineptos e corruptos, seus políticos venais e seus funcionários sempre em falcatruas. Todos ricos, enquanto ele era obrigado a viver de um soldo modesto. Planejava minuciosamente o cerco e a queda de meu Império como se fosse o modelo em miniatura de projeto mais amplo.

Palavra de ordem

A senha dos golpistas para início do *putsch* era a seguinte: "Abaixo o can-can!" Ideia de dona Vitória.

O grande dia

O dia 31 de dezembro surgiu esplendoroso. O sol iluminava as ruas lamacentas e o trapiche apresentava inusitado movimento desde as primeiras horas da madrugada.

Muitos haviam remado mais de dois dias e pernoitavam nas canoas com toldos de palha e preparavam a comida em fogareiros de ferro. O trapiche estava lotado desses transportes tão orientais que lhe davam o ar de uma paisagem chinesa. Na avenida, uma multidão aguardava o início do desfile. Ninguém conseguiu dormir no Palácio Imperial naquela noite. Havíamos organizado uma recepção íntima que concluiu às seis horas da manhã com muitos brindes. Eu mal tive tempo de tomar um banho e envergar a farda de Marechal do inexistente Exército Imperial, confeccionada pelas francesas num misto de hussardo e zuavo. Justine colocou um lindo vestido azul, um chapéu de gaze emoldurando os cabelos em *forget me not* bem parisiense. Logo estávamos suando aos pés da escadaria de mármore do Palácio, onde eu cortaria a fita simbólica.

Inauguração

A escada de mármore, pré-montada no Liceu de Artes e Ofícios de Lisboa pelo preço de 700 libras, formava um conjunto bizarro com o barracão imperial. O mármore raiado de rosa contrastava com a madeira escura do Palácio Imperial e em nada correspondia às proporções do pardieiro de zinco enferrujado. Os lances de degraus majestosos não levavam a lugar nenhum, numa metáfora ao meu Império.

O desfile

Era a visão operística da História da Humanidade. Meus súditos não tiveram olhos para acreditar e assistiram petrificados. O homem de Neandertal em *palletes*, assírios e babilônios, Vênus e Apolo num Olimpo de papel, Calígula, Nero, Vercingetórix, Júlio César, Napoleão, berberes, ninfas em *voile* sobre a pele nua e tritões vogando em ondas de cetim azul. Quando o último carro alegórico atravessou a avenida, o povo explodiu numa alegria desenfreada. Dançavam, casais se beijavam e os velhos e as crianças choravam. Ninfas, faunos e figuras históricas confraternizavam com a massa. Vi um grupo de seringueiros carregar Napoleão em triunfo.

Estatísticas

Efeitos do dia 31 de dezembro de 1899 em Puerto Alonso. Além do meu Império que ruiu, seriam computados vinte casos de coma alcoólico e morte, duzentos casos de gravidez indesejada, setenta casos de defloramento, trinta e dois desquites, oitenta casamentos forçados e dez desaparecimentos.

Réveillon

Quando a noite chegou, já ninguém se entendia e o álcool havia abolido todas as hierarquias. O interior do Palácio

Imperial era um ponto sensitivo onde corpos exultavam mudos e ocupados e as almas perdiam-se em êxtases e torrentes de calor. Para uma orgia daquelas, só apelando para o parnasianismo. A meia-noite se aproximava e deveria ser coroada pelo espetáculo pirotécnico. Havia um ruído infernal e aquele baile hoje me parece uma agonia.

O braço armado do Império

Momentos antes de darmos início ao baile, Joana apareceu com os Inconfidentes armados de fuzis e carregando caixas de munição. Ordenou um cerco e os homens tomaram posição de combate. No lusco-fusco da tarde o Palácio Imperial estava sendo transformado numa fortaleza do prazer. Mas eu não estava nem um pouco preocupado com a sorte do meu regime.

O cerco do Palácio Imperial

O golpe de Estado teve início às nove horas da noite, com o desembarque das tropas contrarrevolucionárias. Burlamaqui organizou uma aproximação rápida do Palácio e no caminho ia recolhendo os bêbedos e desgarrados que eram amarrados e amontoados no trapiche. Em frente ao Palácio, os contrarrevolucionários postaram-se a descoberto e avançaram quando Burlamaqui gritou "abaixo o can-can". Os Inconfidentes abriram fogo e muitos homens de Burlamaqui tombaram mortos. Houve um início de pânico e quase uma debandada, não fosse a irritação de Burlamaqui que começou a gritar e a reunir os homens nas imediações do trapiche. Dentro do Palácio alguns pensaram que era o novo século que chegava na salva de foguetes e gritavam saudações absurdas.

O Império se defende

Burlamaqui ocupou todas as casas que cercavam o Palácio e começou uma escaramuça com os Inconfidentes. Joana comandava seus homens com inteligência e respondia ao fogo apenas quando podia infligir algum dano aos contrarrevolucionários. As baixas começavam a abrir claros em meu cinturão de defesa. Os homens de Burlamaqui estavam ficando mais ousados e deixavam as casas, arrastavam-se pelo chão aproveitando a pouca luz.

A queda do Império Acreano

A resistência de Joana foi liquidada em pouco mais de uma hora e meia. De seus trinta homens, apenas nove escaparam com vida. Alguns estavam seriamente feridos. Quando o fogo dos Inconfidentes começou a rarear, Burlamaqui levantou-se da trincheira de pelas de borracha e correu para dentro do Palácio. Os contrarrevolucionários atiravam para o ar e davam vivas ao Brasil.

Minha deposição

Burlamaqui entrou no Palácio e recebeu uma baforada de calor e fumaça de charutos. Estava me procurando e queria a honra de me depor pessoalmente. Começou a vasculhar a confusão de bêbedos e mandou arrombar todos os quartos, surpreendendo quadros memoráveis. Blangis foi preso quando banhava duas ninfas com champanha, e Thaumaturgo Vaez, quando dormia num sofá em meu gabinete, completamente despido e abraçado com a deusa Vênus (uma linda colombiana vinda de Manaus). Fui localizado dormindo entre várias garrafas de xerez, protegido pela escuridão e o abandono do caramanchão. Burlamaqui me puxou pelo colarinho e eu não ofereci nenhuma resistência. Abri os olhos com dificuldade e na minha cabeça retumbavam os gritos do tenente. Os sinos da igreja começaram a repicar anunciando o século XX. Tentei uma posição mais confortável para meditar sobre o acontecimento e me apoiei nos braços dele, mas o esforço me fez o estômago virar e, para o meu pesar, vomitei copiosamente sobre a farda de meu depositor.

Heroína do século XIX

Soube que Joana foi abatida na tentativa de salvar o meu Império. Lamento e glorifico o seu gesto inútil. Caiu morta na escadaria de mármore e diversos fios de sangue escapavam pelos oito buracos de bala. Segurava uma Winchester ainda quente. O rosto estava sujo de sangue e de terra. A saia levantada permitia a visão de suas pernas morenas que pareciam pulsar iluminadas pelos fogos de artifício que explodiam no céu.

A lógica da memória

Eu fui derrotado pelo século XX. Sou um personagem dos oitocentos sem profilaxia e nestas folhas de papel venci minha última temporada da vida. Chegamos ao fim de minha história, queridos leitores. Já não tenho os dedos ágeis e minhas mãos estão cansadas. Sou um velho que observa o cintilar das abóbadas e minaretes crispados nas salinas de San Fernando e compreende agora a doçura com que o sol esquenta Cádiz. Vivi na Amazônia os momentos mais intensos de minha existência e depois comecei a exercitar a minha morte. Sou também um espanhol da geração melancólica.

Grand finale ou petite apothéose

Os leitores que me perdoem, mas furtei o passado da alacridade das memórias e da seriedade das autobiografias. Devolvo minhas aventuras como elas sempre foram: um pastiche da literatura em série, tão subsidiária e tão preenchedora do mundo. Reparti minhas sensações nestes capítulos e entrego meus passos ao rodapé imaginário de um jornal.

A dialética da natureza

O nosso herói existiu realmente e pelo norte do Brasil exercitou sua fidalguia. Comandou uma das revoluções acreanas, e quem duvidar que procure um livro sério que confirme nossa afirmação. Os lances picarescos de Luiz Galvez formam um todo com o *vaudeville* político do ciclo da borracha. No livro do escritor Veiga Simões, *Daquem & Dalem Mar*, editado em Manaus, no ano de 1917, pela livraria Palais Royal, há a seguinte descrição do herói:

"Por algum tempo esse aventureiro audacioso manteve o gesto que mais tarde repetiria Jacques Lebaudy, Imperador do Sahara; e D. Galvez Primeiro legislou, batalhou, deu armas e bandeira ao novo Estado — enquanto teve recursos... Acabados eles, esse Império esvaiu-se, sumiu-se pelo boqueirão das coisas pícaras que deixam a memória envolvida em troça."

Este livro foi composto na tipografia ITC
Galliard Pro, em corpo 11/15,5, e impresso
em papel off-white no Sistema Cameron da
Divisão Gráfica da Distribuidora Record.